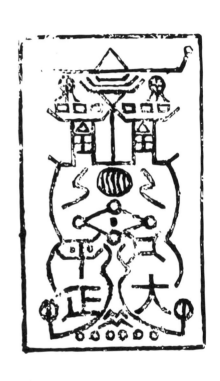

동방의 등불 COREA(召命)

초판 1쇄 인쇄 2016년 01월 25일
초판 1쇄 발행 2016년 02월 03일

지은이   웅산 최주완
펴낸이   홍수경
펴낸곳   엠에스북스
출판 등록   제2 - 4570(2007년 2월 26일)

주소   서울 마포구 토정로 222
전화   02) 334-9107
팩스   02) 334-9108
이메일   pubms@naver.com

copyright 웅산 최주완
ISBN   978-89-97101-05-4

동방의 등불 'COREA'

태평양시대 한반도의 책임과 사명

웅산 최주완(雄山 崔柱完) 지음

엠에스
북스
ms
BOOKS

머리글

出乎爾者 反乎爾者也

鄒가 與魯鬨이러니 穆公이 問曰 吾有司者가 三十三이로되 而民은 莫之
死也하고 誅之則不可勝誅요. 不誅則疾視其長上之死不救 하니 如之何則
可也잇고 孟子가 對曰 凶年饑歲에 君之民이 老弱은 轉乎溝壑하고 壯者는
散以之四方者가 幾千人矣요. 而君之倉廩이 實하며 府庫가 充이어늘 有司
莫之告하니 是는 上慢殘下也니 曾子가 曰 戒之戒之하라. 出乎爾者 反乎
爾者也라 하시니 夫民이 今而後에 得反之也로소다. 君無尤焉하소서 君行
仁政하시면 斯民이 親其上하며 死其長矣러이라.

네게서 나온 것은 네게로 돌아온다.

추나라가 노나라를 상대로 싸우게 되었다. 추나라 목공이 맹자에

게 물었다.

"나의 신하 중에 죽은 자가 33명이나 되건만 백성들은 한 사람도 목숨을 바치지 않았습니다. 사형으로 죽이자면 다 죽일 수 없고 죽이지 않으면 윗사람이 죽는 것을 흘겨보면서 구하려 들지 않을 것입니다. 이를 어떻게 했으면 되겠습니까?"

맹자가 대답했다.

"흉년이 들어서 기근이 심했던 해에 임금의 백성들 가운데서 늙고 약한 자는 굶주림에 지쳐 방황하다가 죽어 갔으며 장정들은 사방으로 흩어진 자가 수천 명이나 됩니다. 임금의 곡식 창고에는 곡식이 가득 쌓여 있고 재물창고에는 재물이 가득 차 있건만 임금의 벼슬아치들은 임금에게 알리지를 않았습니다. 이것은 윗사람이 태만해서 아랫사람을 못 살게 만든 것입니다."

증자(曾子)가 일찍이 말했다.

"경계하고 또 경계하라. 네게서 나온 것은 네게로 되돌아온다." 고.

백성들은 이제야 자기들이 당했던 것을 되갚을 수 있게 된 것이다.

"임금께서는 그들을 탓하지 마십시오. 임금께서 어진 정치를 베푸신다면 백성들은 윗사람에게 친절하게 대할 것이고 윗사람을 위해서 목숨을 바칠 것입니다."

與民守護 效死民不去

滕文公이 問曰 滕은 小國也라 間於齊楚하니 事齊乎잇가. 事楚乎잇가 孟子가 是謀는 非吾 所能及也로소이다. 無已則有一焉하니 鑿斯池也하고 築斯城焉하여 與民守之하여 效死而民不去則是可爲焉니이다.

※ (間於齊楚則外患也 – 韓半島間於美中 – 美後在日 中後在露)

백성들과 함께 성을 지키고 죽는 한이 있어도 백성들을 버리고 떠나가지 않는다면

등나라 문공이 맹자에게 물었다.

"등나라는 작은 나라입니다. 그리고 제(齊)나라와 초(楚)나라 사이에 끼여 있으니 제나라를 섬겨야 합니까, 초나라를 섬겨야 합니까?"

맹자가 말했다.

"이 계책은 내가 언급할 바가 아닙니다. 굳이 말씀을 드린다면 한 가지 방법이 있습니다. 연못을 깊이 파고 성을 높이 쌓아서 백성들과 함께 지키는 것입니다. 죽는 한이 있어도 백성들을 버리고 떠나가지 않는다면 그것도 한번 해볼 만한 일입니다."

※ (間於齊楚則外患也 - 韓半島間於美中 - 美後在日 中後在露)
(등나라가 제나라와 초나라 사이에 있는 것은 외환(外患)이듯이 - 한반도가 미국과 중국 사이에 있는 것도 외환이다. - 미국 뒤에는 일본이 있고 중국 뒤에는 러시아가 있는 것을 잊어서는 안 된다.)

※ 웅산(雄山)의 공부 방향

1) 온고이지신 - 고전탐구(溫故而知新 - 古典探求)
(옛날 성인들의 말씀을 공부하여 새로운 것을 깨닫기 위해서는 고전을 탐구해 보자.)

2) 창왕이찰래 - 주역탐구(彰往而察來 - 周易探求)
(지나간 찬란한 족적을 공부하여 미래를 관찰하기 위해 『주역』을 공부해 보기로 결심했다.)

이 두 과제를 이루기 위해 그 첫째가 책속에서 찾아보기로 결심하고 고전을 탐구하면서 역사란 무엇인가에 지대한 관심을 가졌다. 그리고 독서에 전력경주하기에 이른다.

다시 말해 온고이지신(溫故而知新)하여 옛 성인들의 말씀 속에서 우주의 원리를 찾기로 하고 고전탐구에 심혈을 경주하였다. 천만다행히도 『논어』, 『맹자』, 『중용』, 『대학』의 한문학을 공부한 바탕이 있었기에 가능하였던 것이다. 이 바탕 위에서 역사탐구에 비상한 관심을 갖고 『동·서양사』를 탐독하기에 몰두한 것이다.

그러면서 역사에는 왜 흥망성쇠사(興亡盛衰史)가 있는 것이며 선악

투쟁사(善惡鬪爭史)가 반복되는가? 그 원인을 밝히고자 심고원려(深考遠慮)하기에 전심을 경주하게 되었다.

그 두 번째로 창왕이찰래(彰往而察來)하면서 미래를 관찰하기 위해서 『주역』 공부에 혼신을 경주하기로 한 것이다. 그 결과 『주역』은 음양학(陰陽學)이요, 길흉학(吉凶學)이며 득실학(得失學)이요, 운기학(運氣學)이며, 미래학(未來學)임을 깨닫게 되었다.

그러면서 젊은 시절, 공산주의 이론 비판의 전문 강사로 활동하며 서양철학을 공부한 것과 대학에서 『신학』을 전공하면서 기독교를 공부한 것들을 되돌아보았다. 이것은 어쩌면 운명적인 인생행로였다는 생각이 들기도 했다.

폐일언(蔽一言)하고 서두에 맹자 이야기로부터 시작한 것은 한반도가 지구의 중심이며 인류문화의 시원지(始元地)로서 원시반본(元始反本)에 의해 이 시대의 사명국임을 밝히고자 시도한 것이다. 다시 말해 우리나라 역사의 특징을 일별(一瞥)해 보면

첫째, 하늘을 숭상하고 사람을 사랑하라는 경천애인사(敬天愛人史)이며

둘째, 천도를 자질로 하여 모든 인간들을 유익하게 선도하라는 홍익인

간사(弘益人間史)이다.

셋째, 우리나라 역사는 반만년의 전통문화사(傳統文化史)를 계승유지하고 있으며

넷째, 우리의 역사는 고통과 수난으로 점철된 수난점철사(受難點綴史)였다.

다섯째, 우리는 900여 차례의 외침을 받아오면서도 결코 남의 나라를 침략하거나 도륙(屠戮)하지 아니한 명실상부 평화를 애호하는 평화불침사(平和不侵史)를 간직하고 있는 나라이다.

그래서 맹자가 강조하신 "너에게서 나온 것은 너에게로 되돌아온다(出乎爾者 反乎爾者也)"는 말씀을 앞부분에 인용한 것이다. 그런 뜻에서 우리 역사 속에서 배출된 평화애호사상은 지금 시대에 되돌아 와서 세계 인류의 평화의 등불 역할을 해야 할 시대에 직면해 있다는 사실이다. 또 이를 실천해야 할 책임과 사명국이라는 시대적 천명(天命)을 비장한 각오로 지각하자는 것이다.

우리나라 주변 4대 강대국들은 강력한 패권주의 국가들이다. 또 우

리나라는 이들 국가의 틈 사이에 끼여서 소위 자의반 타의반의 다양한 요구를 수용해야 하는 지정학적인 위치에 처해있는 실정이다. 그래서 이 이유 때문에 지난 역사과정에서는 우리나라는 수난사로 점철된 요인 중 하나였다.

하지만 이제는 평화애호주의 전통을 기반으로 이 시대에 부합할 수 있는 새로운 인류평화의 청사진을 제시하고 개척해야 한다. 그리고 더 나아가 전 세계로부터 선도국가(先導國家)적인 시대적 사명을 강하게 요구받고 있다는 사실을 지각하여야 할 것이다.

나는 본래 지금까지 공부하며 깨달은 것을 정리해 둔 원고가 있었다. 첫째는 『우주변승원리(宇宙變承原理)』요, 둘째는 『득도를 위한 인생여로(人生旅路)』이다. 그런데 을미년 8월은 광복 70주년으로서 한반도 문명권시대(韓半島文明圈時代)가 시원(始元)하는 천도운행원리(天道運行原理)가 도래했다는 사실이다. 그래서 『득도를 위한 인생여로』보다 먼저 『동방의 등불 COREA(召命)』을 출간하기로 결심하고 서둘게 된 것이다.

이 책이 세상에 나오게 된 것도 엠에스북스 이영기 사장을 만나면서 가능하게 된 것임을 밝혀두고 지면을 통해서 진심어린 감사를 드리는 바이다. 하나 더 부언한다면 내 아내 이영찬 여사에게 고맙다는 변명

아닌 변명을 해야 될 것 같다.

 나는 필생의 동반자 아내를 만나지 아니했다면 오랜 세월 공부하기도 어려웠을 것이며 가정을 유지하기도 힘들었을 것이다. 아내의 헌신적인 노력으로 가정을 지키면서 5남매를 잘 키워 준 은덕으로 말미암아 오늘에 내가 있었다는 것을 재차 되새기며 「머리글」을 마무리 하고자 한다.

을미년 동지에

웅산 최주완(雄山 崔柱完)

동방의 등불 COREA - 소명(召命)

- 태평양시대의 한반도의 사명과 책임

목차

당산 방봉혁(黨山 房峰爀)

1. 시대(時代)의 의미와 근원

1) 시대의 의미

이 지구상에는 242여 개 국가가 실존(exitence)하고 있으며 또 그 바탕 위에서 2014년 말 기준 72억 인구가 오순도순 살아가고 있다.

이렇게 조화롭게 펼쳐지는 무대를 우리는 세계(世界; world)라고 하는데 이 세계라는 무대를 지배하고 있는 무형적(無形的) 실존체(實存體)를 우리는 시대(時代; era, times)라고 부르는 것이다.

시대라는 존재는 우리 눈으로는 직접 볼 수 없는 무형적 존재이지만 엄연히 살아 움직이는 유형적 존재이다. 그리고 또 세계의 인류와 문화를 그 시대의 조직 틀로 이끌고 가고 그 시대의 공동선으로 다스리고 있다. 그러면서 세계 인류의 생사화복(生死禍福) 문제와 불가분의 관계와 인연을 맺고 우리 주위를 감싸고 있다. 즉 사는 것과 죽는 것, 화를 당하는 것과 복을 받는 것은 자기가 지은 대로 순응할 때 우주의 흐름과 일치하는 것이다. 이렇게 시대는 오늘도 우리들 곁에서 떼려야 뗄 수 없이 세계 인류와 동고동락(同苦同樂)하며 우리와 함께하고 있는 것이다.

또한 시대라는 존재는 인류가 생존할 수 있는 원천적 기반인 문화와 문명권을 만들고 지배한다. 또 이것은 역사를 만들고 운전(運轉)하는 운행(運行)의 모체(母體)인 것이다.

인류 문화의 생존 발자취를 관찰해보면 처음 강변문화인 하천문명권으로부터 시작한다. 그 이후 대륙과 해변을 잇는 반도문화인 그리스반도 이태리반도의 지중해시대를 경유한다. 그리고 스페인, 포르투갈의 이베리아반도를 거쳐 섬 문화인 영국 도서(島嶼)의 대서양시대의 문명권을 이룬다. 그 다음 현재는 명실상부한 태평양시대의 문명권을 이루면서 운행하고 있는 것이다.

2) 시대의 근원

여기에서 우리는 시대라는 의미를 다시 한 번 눈여겨 살펴보면서 이 시대가 태동하는 근원을 추구해 보기로 하자.

우리 모두가 알고 있는 바와 같이 시대는 때 시(時) 자와 대신 대(代) 자를 쓰고 있다.

이 대목에서 먼저 때는 어떻게 만들어지는 것인가의 근원을 들여다보자. 그러면 해와 달의 공·자전에 의해서 양력(陽曆)과 음력(陰曆)이 생기는 것을 알 수 있다. 즉 해(日)를 중심하고 지구가 공·자전(公·自轉)

을 하면서 양력이란 때가 만들어 지고 지구를 중심하고 달이 공·자전 하면서 음력이라는 때가 만들어지는 것이다. 따라서 때는 바로 하늘이 만든다고 볼 수 있는 것이다.(주 1)

그런데 일 년의 정중일(正中日)은 360일이다. 그리고 양력은 365일 (366일)이고 음력은 354일이다. 따라서 일 년 정중일 360일로부터 양력은 5일 상승하고 음력은 6일 하강한다. 이렇게 해서 11일의 간차 (間差)가 생기니 이를 조화롭게 하기 위해 윤달을 두는 것이다. 즉 3년 마다 윤달(潤月)을 한번 두고 9년차에는 일 년에 한 번 윤달을 두어 음· 양력을 조화롭게 운행하는 것이 책력원리(冊曆原理)인 것이다. (주 2)

이것이 통칭(統稱) 때가 만들어지는 근원(根源)인 것이다.

그러면 왜 시대의 한자어에 때 시(時) 자와 대신 대(代) 자를 쓰는 것인가? 여기에 중요한 의미가 깊숙이 감추어 있음을 그냥 지나쳐서는 안 된다. 대신 대(代) 자를 쓰는 데는 두 가지 의미가 숨어 있다. 첫째는 년대(年代)요, 둘째는 인대(人代)다. 년과 인(年·人)이 때(時)를 대신하기 때문에 시대에 대신 대(代) 자를 쓰는 것이다.

따라서 때를 알기 위해서는 먼저 연대를 알아야 하고 그 다음 때의 뜻에 주목해야 한다. 하늘은 때를 이루기 위해 반드시 그 때에 그 때의 목적을 이루기 위해 그 사람을 태동(胎動)시키고 배출(排出)한다. 즉 하 늘은 그 때가 무르익으면 그 때가 요구하는 목적을 이루기 위해 그에 부합한 인물을 내고 그 운용을 돌아가게 한다는 것이다. 이제 이 시대를 살아가고 있는 우리의 안목은 다음 두 가지에 방점을 찍고 시대를 관조(觀照)해야 할 것이다.

첫째, 때의 뜻 즉 시대사조(時代思潮)를 먼저 간파(看破)하여야 한다.

둘째, 그 때의 큰 뜻인 시대사조의 틀로 조직적으로 계획하는[經綸], 선택된 인물이 누구인가를 꿰뚫어 보아야[通觀] 한다.

주 1) 때

때가 만들어지는 근원은 지구와 달의 공·자전(公·自轉)으로 생성됩니다. 다시 말해 양력은 365.2422日(365日 5時間 48分 46秒)이 되고 음력은 354.24日 (354日 5時間 45分 36秒)이 됩니다. 이로써 시생지원(時生之源)이 성립됩니다.

주 2) 책력

책력은 지구와 태양, 달과의 관계에서 1년 동안에 달과 해가 뜨고 지는 일, 월식과 일식, 절기, 그 밖의 기상 변동 등을 적어 놓은 책입니다. 역서라고도 합니다. 천문대에서 꾸민 책력을 바탕으로 달력과 일력이 만들어지고, 날짜와 요일, 절기와 국경일 등을 알 수 있습니다. 우리나라는 옛날부터 중국에서 쓰던 음력을 썼으나 1896년부터 양력을 쓰고 있습니다.

2. 시대의 분류와 구분

1) 시대의 분류

시대를 바르게 직시[正觀]하기 위해서는 때를 분류하는 안목이 절실히 요구되는 것이다. 시대에는 중심시대가 있고 방계시대(傍系時代)가 있다. 다시 말해 주도시대와 그 중심에서 파생되는 주변시대가 있다는 것이다.

중심시대는 그 시대를 인도하는 주도시대자로서 시대의 지도자역할(leader)을 담당하고 총괄적으로 주관하는 시대의 주체라고 볼 수 있다. 한편 주변시대는 일명 수순시대자(隨順時代者)로서 중심시대에 순응하며 따라가는 이른바 시대의 객체(客體)를 말하는 것이다.

2) 중심시대의 구분

중심시대를 정확하게 관조하기 위해서는 3단계로 구분해서 꿰뚫어보아야 극명(克明)하게 구분할 수 있다.

첫째는 소생적 시발단계(蘇生的 始發段階)시대가 있고,
둘째는 장성적 중흥단계(長成的 中興段階)시대가 있으며,

셋째로 말기적 쇠퇴단계(末期的 衰退段階)시대로 구분해서 보는 것이 대원칙인 것이다.

이러한 3단계적 원칙으로 관조할 때만이 중심시대의 실체를 명확하게 정관할 수 있는 것이다.

3. 중심시대의 변화와 순환운동

주도적인 중심시대는 고정적이며 불변적인 것이 아니다. 반드시 생동적으로 변화하고 순환하면서 일정한 자연법칙에 의거하여 운행하고 있다. 이러한 엄연한 사실을 반드시 주목해야 한다.

예컨대 BC 5세기의 페르시아 제국은 광활한 지역을 지배하고 통치하던 강력한 패권주의 대제국이었다. 그런데 BC 480년 9월 그리스 도시국가와의 살라미스 해전에서 참패하면서 페르시아 대제국이 붕괴되는 원인이 되고 동시에 그리스 문명권시대가 태동하는 전기가 되었던 것이다.(주 3)

또한 이베리아반도의 스페인은 16세기 해양 강대국이었다. 특히 스페인의 무적함대(無敵艦隊)는 문자 그대로 세계 어느 나라도 감히 대적할 수 없는 막강한 군사력의 상징 그 자체였다.

그런데 1588년 칼래 해전에서 영국의 해적출신인 드레이크가 지휘하는 영국해군과 일전을 불사하였다. 그 전쟁에서 참패하므로 말미암아 비로소 스페인은 역사의 뒤안길로 물러나게 되었다. 그 이후 영국은 세계를 지배하는 도서문명권이 출발하는 결정적 전기가 된 것이다.(주 4)(주 5)

그 뿐인가? 영국의 청교도들이 신앙의 자유를 찾아 신대륙으로 넘어가 이곳을 개척했다. 하지만 영국의 지나친 간섭을 벗어나고자 영국으로부터 독립하기 위해 독립전쟁을 일으켰다. 1776년 청교도들이 일으킨 미국의 독립전쟁은 그야말로 무모하기 그지없는 망동(妄動)짓이라고 평가했다. 심지어는 계란으로 바위를 치는 것과 다를 바 없다고 냉소(冷笑)했던 것이다.

왜냐하면 신대륙의 독립군이란 정식으로 제대로 된 훈련을 받은 병사(兵士)들이 아니다. 한마디로 민병대 출신으로 결성된 오합지졸의 독립군이라 해도 과언이 아니다. 그런데 독립을 쟁취하기 위한 독립투쟁의 상대는 해질 날이 없다는 해양대국 영국의 무적함대이다.

영국의 군사력은 정규적으로 훈련받은 정예군 출신들이고 또 현대식 장비로 무장된 강력한 군사대국인 것이다. 병력으로 보거나 군비상태를 비교해 보더라도 신대륙 독립군이 승리한다는 확률은 전무한 것으로 판단할 수밖에 없다. 그러나 6년간의 독립전쟁은 불가사의하게도 독립군의 승리로 끝나면서 1779년 아메리카합중국이 태동하게 되었다.(주 6)

이상과 같은 역사적 사실에 비춰볼 때 다음과 같은 사실을 유추해볼 수 있다. 중심시대는 반드시 약동하는 강력한 운기(運氣)와 더불어 변화하고 순환하는 자연법칙의 주관 아래 지배되고 운행(運行)한다는 사실이다.

주 3)살라미스 해전 Battle of Salamis

전쟁은 역사를 변혁시키는 힘이 있고 역사를 변화시키는 물꼬를 틉니다. 특히 해전에 있어서 세계 역사를 결정지은 전투들이 여럿 있습니다. 그 중에서도 서양 고대사를 결정지은 전쟁이라고 하면 역시 세계 3대 해전인 살라미스 해전, 칼래 해전, 트라팔가르 해전을 빼놓을 수 없습니다. 그 중에서 살라미스 해전은 페르시아 대제국이 가지고 있던 세계 주도권을 그리스로 이동시키는 큰 계기가 되는 해전입니다.

살라미스는 아테네 바로 앞에 있는 조그만 섬의 이름입니다. 이 섬에서 그리스 연합함대는 자신보다 몇 배나 많은 함선을 가진 페르시아 함대를 격파하고 자신들의 독립을 지켜냅니다. 이 사건은 민주주의와 전체주의의 대결, 압제와 자유의 대결, 그리고 서양과 동양의 대결 등으로 인식되어 왔습니다. 특히 해전에 있어서 세계 역사를 결정지은 사건으로 지금까지 기억되고 있습니다. 이 전쟁 이후 아테네는 델로스 동맹을 이끌면서 사실상 다른 그리스 도시국가를 지배하는 패권 국가로 등극하게 됩니다.

주 4) 칼래 해전 Battle of caiais

스페인은 16세기 유럽에서 세력이 가장 강한 나라였으며, 새로운 땅 신대륙인 아메리카에도 많은 식민지가 있었습니다. 그리고 식민지를 통해 축적된 부를 통해 더 많은 식민지를 세우고 힘을 키우는데 많은 노력을 기울였습니다. 국왕인 필립 2세는 신실한 구교신자였고 섬나라 영국을 손아귀에 넣으려는 야심을 가지고 있었습니다. 스페인이 터키와 신교와의 전쟁에 힘을 쏟고 있을 때 영국의 여왕이었던 엘리자베스 1세 여왕은 해적왕 드레이크를 보내서 스페인의 배들을 노략질하고 해적들을 통하여 국가 실리를 취하고 있었습니다.

드레이크는 해적출신 총사령관입니다.

엘리자베스 여왕은 자신의 아버지인 헨리 8세의 종교를 이었고 유럽의 신교 국가들, 즉 네덜란드를 지원해 주었습니다. 엘리자베스 여왕은 특히 네덜란드의 신교도들과 밀접한 관계를 맺고 있었는데, 영국과 네덜란드 간의 거리가 멀지않았기 때문에, 네덜란드에 있던 스페인 세력이 영국의 큰 위협요소였습니다. 그 당시 스페인은 네덜란드와 주변의 플랑드르 지역에 강력한 군대를 주둔해 놓은 상태입니다.

그 당시 영국은 해적들을 장려하고 사략선 사업으로 해적 행위를 도우며 세금을 부과하는 방식으로 국가 이익을 모았습니다. 이 때문에 필립 2세는 1580년 7월부터 영국선박을 감시하고 서인도제도와 대서양에서 계속해서 노략질을 한 드레이크를 처벌하라고 영국에 압력을 가했습니다. 하지만 엘리자베스 1세는 이에 굴하지 않고 오히려 드레이크에게 작위를 내렸을 뿐만 아니라, 영웅대접을 하였습니다. 그리고 영국군을 네덜란드로 파견해서 스페인에 대항해 네덜란드의 독립운동까지 도왔습니다.

칼래 해전이 끝난 후 영국과 스페인 간의 전쟁은 1604년에 런던 조약이 조인될 때까지 계속 이어졌습니다. 영국은 계속해서 네덜란드의 신교 세력을 지원하였고 스페인 선박들을 괴롭혀서 국가 이익을 올렸습니다. 시간이 갈수록 스페인 무적함대의 명성은 사그라들어 갔고 스페인 무적함대의 몰락은 스페인의 해양력에도 큰 영향을 끼쳐 그 힘을 잃어갔습니다. 스페인이 점차 몰락할수록 반대로 영국은 큰 힘을 얻어 갔습니다. 영국은 1600년에 동인도회사를 차렸는데 이는 영국제국으로 발돋움하는 원동력이 되었습니다. 영국은 1604년에 스페인 외 유럽 대륙에서는 처음으로 아메리카 대륙에 버지니아라는 식민지를 세우게 됩니다. 버지니아라는 이름은 처녀 여왕이었던 엘리자베스 1세를 기념하고자 지어졌다고 합니다.

 이처럼, 칼래 해전의 승리는 영국이 후일 트라팔가(르) 해전에서 나폴레옹을 저지함으로써 대영제국의 기틀을 구축했습니다. 무적함대를 격파한 드레이크와 칼래 해전의 이야기는 영국의 민간 설화를 다시 쓰게 할 정도로 신화가 되었고, 후일 이를 바탕으로 한 수많은 서사시와 문학작품이 나오기도 했습니다. 보통의 지휘관들은 사후에 더 유명해진다고 하는데, 드레이크는 살아서도 그 명성을 다 누렸으며, 아르마다(무적함대)를 패배시킴으로써 영국은 국교인 성공회를 지키는 데 성공했습니다. 그리고 유럽 최강국과 맞붙어 이김으로써 유럽의 신흥 강국이 되었습니다. 그에 반해 스페인은 이 전투의 패배로 인해 식민지들을 잃고 쇠락의 길로 들어서게 되었습니다. 그리고 영국은 '해가 지지 않는 나라'의 발판을 마련했고요.
 북해의 작은 섬나라가 민족의식과 애국심을 고취시키는 이 위대한 승리를 통하여 국민총화를 이루어 마음을 하나로 뭉치는데 성공하고 위대한 국가로 성장해 나갈 수 있었습니다. 그래서 이 전투는 세계 해전사에서 기념할 전투라고 생각합니다.

주 5) 프랜시스 드레이크 (Francis Drake) 경

16세기 유럽에서는 바다를 장악하는 나라가 곧 세계를 지배할 수 있는 주도권을 쥐었습니다. 그 선두에 선 나라가 바로 스페인과 포르투갈이었습니다. 그 당시 당연히 바다에는 해적이 넘쳐났습니다.

13세에 선원 생활을 시작한 드레이크는 아메리카와 유럽을 오가며 노예를 사고팔아 돈을 벌었습니다. 그러던 중 멕시코 앞바다에서 스페인 배들의 습격을 받아 물건과 배를 몽땅 빼앗기고 말았습니다. 목숨만 겨우 건진 그는 이때부터 스페인에 복수의 칼날을 갈았습니다. 이때 영국의 엘리자베스 1세 여왕은 빼앗긴 것을 되찾기 위해 해적이 되는 건 정당하다며 해적 허가증(사략 허가증·privateer's license)까지 내주었습니다. 국가가 공식적으로 해적을 인정해준 것입니다.

1572년부터 스페인 함대를 향한 드레이크의 해적질은 점점 더 포악했습니다. 스페인 함대를 끝까지 쫓아가 괴롭혔습니다. 신출귀몰하게 스페인 함대를 따돌리고, 그들의 식민지를 습격하기도 했습니다. 스페인은 배를 더 크게 만들고 대포로 무장했지만 드레이크를 당해내지 못했습니다.
드레이크는 엘리자베스 1세 여왕의 지원으로 스페인의 보물선을 공격하여 황금을 비롯한 수많은 재물을 약탈했습니다. 이렇게 빼앗은 금은보화로 그는 영국 왕실의 든든한 후견인 역할을 했습니다.

드레이크는 1577년부터 1580년까지 약 3년에 걸쳐 세계 일주를 감행합니다. 마젤란에 이어 두 번째로 세계 일주에 성공한 겁니다. 마젤란은 항해 도중 필리핀에서 사망했으니, 드레이크는 자신의 배로 끝까지 항해에 성공한 첫 번째 선장이 되었습니다.

남의 나라 배를 노략질로 일삼던 해적 드레이크가 영국 귀족인 '드레이크경(卿)'이 되고 영국 해군총사령관이 됩니다. 이에 스페인은 영국을 향해 적개심을 가지고 세계를 정복하겠다는 야심을 품은 펠리페 2세는 '무적함대(無敵艦隊)'를 편성하였습니다.

팽팽한 긴장이 감돌던 두 나라는 결국 전쟁에 돌입합니다. 1588년 영국과 프랑스 사이의 칼래 앞바다에서 전투가 벌어졌습니다. 스페인은 3만 명의 군대와 150여 척의 군함을 이끌고 나타났지요. 이에 맞서는 영국은 하워드 총사령관을 중심으로 바다에 익숙한 해적 출신의 호킨스, 드레이크 등이 8,000여 명의 군대와 80여 척의 함대를 이끌었습니다. 숫자상으로는 스페인이 우세해 보였지만, 작고 날렵한 영국 함대에 덩치 큰 무적함대는 번번이 당했습니다. 드레이크는 화약을 가득 실은 배를 스페인의 무적함대를 향해 돌진시켰습니다. 화염을 피하기 위해 스페인의 함대는 뿔뿔이 흩어졌고, 때마침 불어 닥친 폭풍우로 처참하게 무너졌습니다.

주 6) 미국독립전쟁(美國獨立戰爭) United States War of Independence

전쟁은 영국의 토머스 게이지 장군이 매사추세츠 콩코드에 있는 식민지군 탄

약창고를 파괴하기 위해 군대를 파견함으로써 시작되었습니다. 1775년 4월 19일 렉싱턴과 콩코드에서 전투가 일어난 뒤 식민지군은 보스턴에 포위공격을 개시했습니다.

1778년 프랑스가 식민지 측에 가담한데 이어 스페인과 네덜란드까지 가세해 국제전 양상으로 변모했습니다. 식민지군은 약 2만 명이 산발적으로 전투를 수행했는데, 반면 영국군은 4만 2천 명 규모의 정규군에 3만 명 정도의 독일 용병으로 보강되었습니다. 프랑스는 1776년 이후 식민지에 물자보급과 재정원조를 계속해오다 1778년 6월 영국에 선전포고를 했습니다. 프랑스의 직접적인 지원과 영국군의 분열된 틈을 활용해 식민지군은 영국군을 패배시키고 1783년 11월 13개 주의 독립을 얻게 되었습니다.

4. 중심시대의 특징

그런데 중심시대(中心時代)인 주도시대자(主導時代者)는 다음과 같은 특징이 있다는 점을 명심하고 주목해볼 필요가 있다.

첫째 주도시대는 그 시대를 주도(主導)하고 관장(管掌)하는 시대사조(時代思潮) 또는 시대사상인 시대정신이 있다는 것이다.

둘째 주도시대에는 그 시대를 지배(支配)할 수 있는 강력한 운기(運氣)가 작용하고 있다는 것이다

셋째 주도시대사조의 운기작용과 시대정신으로 무장한 지배세력인 국가(國家)가 등장한다는 것이다

넷째 주도적인 시대정신은 성취해야할 시대적 목표(目標)가 있으며 또 그 시대가 해결해야 할 시대적 과제(課題)가 있다는 것이다.

다섯째 중심시대의 시대적 목표나 시대적 과제를 해결하기 위해서는 반드시 선구적인 선도인물(先導人物)이 배출되거나 등장한다는 특징이 있다는 것을 주목해야 한다.

5. 시대적 명운(命運)을 득실한 역사적 사례들

시대적 명운(命運)을 얻은 경우와 잃은 결과[得失]가 어떠하였는가를 중국 초나라와 한나라의 역사적 실례를 들어서 확인해보자. 그리고 당대 최고의 명장 한신(韓信) 장군의 시대적 선택과 성패의 말로를 교훈 삼아 오늘날 우리가 나아갈 바를 꿰뚫어 보자. 이것은 시대(時代)와 인물(人物)의 득실관계가 얼마나 중요한가를 사실에 비추어 명확히 밝히기 위함이다.

초나라 왕은 항우(項羽)이고 한나라 왕은 유방(劉邦)이다. 이 두 사람은 영웅호걸로서 한 시대를 풍미했던 시대적 인물이면서 서로가 상반적 조건과 처신으로 후대사람들에게 귀감이 된다.

특히 초패왕 항우는 강동의 명문가 집안 출신으로 역발산기개세(力拔山氣蓋世)로 상징되는 불세출의 명장이다. 처음에는 시대와 민심을 얻어서 백전백승하고 일취월장하여 천하를 얻는 듯하였다. 그러나 교만과 독선에 사로잡혀 시대정신에 역행하고 인재를 천시하다가 결국 민심을 잃고 말았다. 그 결과 쓰라린 패배의 아픔과 함께 출정 시 고향 강동출신 훌륭한 병사 8,000여 명을 잃어 버렸다. 그 이후 천하를 유방에게 내주고 오강 변에서 자살로 비참한 최후의 인생을 마감하였다.

한편 유방은 역량은 부족했지만 시대와 민심을 얻었다. 인재를 적재

적소에 등용하고 그들을 잘 활용도 하였다. 운주가(運籌家) 장량(張良), 용병가 한신(韓信), 군량가 숙하(肅何), 기계가(奇計家) 진평(陳平) 등이 바로 그들이다. 그 결과 천하를 얻어 한나라를 건국하고 황제가 되었다. 처음 출발은 역량과 환경 면에서 열악한 입장에서 시작했지만 각고의 노력 끝에 최후의 승리를 거머쥐었다. 우리의 옛 동화책에서 나오는「토끼와 거북이」를 연상하게 하는 대목이다. 지금은 해석을 달리 하기도 하지만.(주 7)

그런데 여기서 우리는 당대 용병가 한신의 말로를 눈여겨 살펴볼 필요가 있다. 항우가 수하용장 용저(龍且)가 전사했다는 보고를 받고 크게 두려워하며 우태인 무섭(盱台人 武涉)을 보내 제왕 한신(齊王 韓信)을 설득하라고 했다.(주 8)

"현재 두 왕[楚王과 漢王]의 운명이 한신 장군의 결심여하에 달려 있습니다. 한신 장군이 유방의 손을 들어주면 한왕이 승리하고 항우를 도와주면 초왕이 승리하게 됩니다. 만약 항왕이 망하게 되면 그 다음은 필연적으로 한신 장군 차례가 될 것 입니다.
때문에 한신 장군께서는 옛날부터 초왕 항우와 인연이 있지만 지금에 와서 어찌 한왕 유방을 배신할 수 있겠습니까? 따라서 다시 연대하여 화목하게 지내면서 천하를 삼국으로 나누어 각각 왕으로 군림하는 것이 어떠할 런지요."

소위 천하 삼분지계(天下 三分之計)를 진언하였다.

한신이 사양하면서 이렇게 답변했다.

"내가 옛날 항왕을 섬길 때에 벼슬이 겨우 낭중이요. 나의 위상은 창을 들고 문을 지키는 보초병에 불과했소. 전략을 말씀드려도 들어주지도 않았고 작전계획을 말이나 글로 장군에게 상신[稟議]해도 적용하지 않았지요.

그런데 내가 궁여지책으로 초나라를 배신하고 한나라로 귀환하니 한왕 유방은 나를 상장군으로 발령하고 나에게 수만 장병을 주셨소. 옷이 없으면 옷을 주시고 식량이 떨어지면 식량을 보급해 주셨습니다. 여기에서 그치지 않고 범부중생에 머물러 있는 저의 역량을 높이 인정하시고 나에게 중책을 맡겼소. 그때 한왕의 눈 높은 혜안이 없었든 들 나는 일개 하급 병사의 지위에서 헤매고 있었을 게요.

선비는 선비를 알아보고 영웅은 영웅을 알아보는 법이지요. 지금에 와서 생각해도 그 은덕을 잊을 수가 없소. 그때 나의 작전계략을 들어주시고 내게 큰일을 도모하게 하셔서 오늘날 내가 이 자리에 있는 것이요. 인간으로 태어나서 한왕의 나에 대한 깊은 사랑과 믿음을 어찌 배신할 수 있겠소. 원컨대 항왕에게 가서 사양하더라고 말씀드려 주세요."

이때 사신 무섭이 돌아가자 한신 장군의 책사 괴철(策士 蒯徹)이 들어와 한신에게 우회적으로 관상보는 방법을 빗대어 설득하기 시작했다.

"오늘 장군님의 상을 앞에서 보니 불과 봉후상(封侯相)에 지나지 않으나 뒤에서 보니 귀하기가 천자같이 보입니다."

한왕 유방을 배신하면 남들이 우러러 받드는 천자의 위상이 될 수 있다고 진언한 것이다.

한신이 말했다.

"이게 무슨 말씀입니까?"

괴철이 말했다.

"지금 초나라와 한나라가 앞을 가늠할 수 없는 치열한 분쟁을 치루고 있습니다. 이는 모두가 지혜 있는 용장이 부족한 상황에서 두 나라 왕들의 명운이 장군의 선택적 행동여하에 달려있지 않습니까?

장군께서 한나라 왕의 손을 들어 주면 한왕이 승리하고 초나라 왕을 위하면 초왕이 승리하는 형국인데 진실로 소신의 계략과 진언을 믿어주시오.

지금의 상황은 두 나라가 동시에 이롭고 함께 존재할 수 있는 상황이 아닙니다. 그러니 천하를 3등분하여 각각 왕이 되어 통치하는 것이 최선책입니다. 왜냐하면 가마솥에 발이 각각 자기 위치에서 자리 잡고 있으면 어떤 세력도 감히 먼저 움직일 수 없는 이치와 같은 것입니다.

장군님! 하늘이 내려 주시는 것을 받지 못하면 반대로 허물이 되어 돌아오는 것과 같이 때가 이르렀는데 행하지 않으면 오히려 재앙이 되어 돌아옵니다. 원컨대 장군님께서는 깊이 혜량(惠諒)하여 주시기 바랍니다."

그렇게 진언한 후 괴철이 다시 말했다.

"용기와 지략이 임금을 능가하는 자는 몸이 위태로운 법이며 공력(功力)이 천하를 덮어버리면 더 이상 보상받을 수 없는 법입니다. 공(功)이라는 것은 이루기는 어려워도 잃기는 쉬운 법이며 때[時]라는 것도 얻기는 어려우나 잃기는 쉬운 것입니다. 때여, 때여 두 번 다시 오지 않는다는 것을 왜 모르십니까?"

혼신을 다하여 설파했으나 별 효과가 보이지 않자 괴철은 한신 곁을 영원히 떠나가 버렸다. 이 대목을 역사는 참으로 애석한 일이라고 기록하고 있다.
때의 득실 결과에 대하여 시사(示唆)하는 바가 어떠한가를 교훈으로 남긴 역사적 교훈을 우리도 명심하고 명심해야 한다.(주 9)

주 7) 영웅의 군대와 제왕의 군대

왜 항우는 유방에게 두 손 두 발을 들어야 했는가? 탁월한 재능이나 우세한 세력 면에서 유방보다 몇 수 위인데도 말입니다. 천하패권이라는 성대한 밥상을 정성스레 차려놓고 숟가락을 드는 순간 고스란히 유방에게 밥상을 넘기는 항우. 희대의 절세미인 우희와의 애절한 사랑 이야기를 경극 『패왕별희』에 남겨놓고 역사 속에서 영원히 사라졌습니다. 항우의 말대로 하늘이 항우를 버린 것인지 시대가 영웅을 버린 것인지 역사와 시대의 아이러니가 아닐 수 없습니다.

유방은 비록 항우보다 모든 면에서 뒤떨어진 상태에서 시작했지만 많은 사람들의 책략을 잘 받아들여 마침내 항우를 물리치고 천하를 손아귀에 움켜쥐게 됩니다. 그리고 많은 사람들의 능력을 모아서 하나로 엮어내는 능력이야말로 동서고금에서 최고의 능력이라 할 만합니다. 이러한 리더십을 바로 소통의 리더십이라 부른답니다.

한나라와 초나라와의 관계에 있어서 세기의 쟁패전을 판가름하는 것은 다름 아닌 양측 최고 지휘관의 성격과 인품 차이라고 생각합니다. 항우(項羽)는 여러 가지 면에서 유리한 조건에 있었으나 오만 때문에 그 뜻을 펼치지 못했습니다. 그리고 유리함을 제대로 살리지 못하거나 전쟁 때 얻는 좋은 기회를 제대로 활용하지도 못했습니다. 또 상황이 불리해졌을 때는 그것을 극복하지 못하고 반쯤은 자멸했습니다. 이 부분을 유심히 관찰해 보면 위기에 몰렸을 때 위기대처 능력이 요구되는 대목입니다. 우리의 삶에서도 소홀히 다룰 이야기가 아닙니다.

그러나 대체로 불리했던 유방(劉邦)은 필요하면 적에게 애걸을 해서라도 곤경을 모면했으며, 일단 기회를 얻으면 결코 놓치지 않았습니다. 그리고 오만한 항우는 자신의 재주만 믿고 인재들을 소홀히 했지만 유방은 그런 인재들을 끌어들여 점점 힘을 불려 마지막에 항우를 쓰러트릴 수 있었습니다. 마지막에 승리의 깃발을 꽂는 사람이 최후의 승리자이고 시대의 성공인 입니다.

이런 평가는 소설적 상상력에만 근거한 것이 아닙니다. 사마천(司馬遷)의 『사기』를 보면, 초-한 전쟁의 최종 승리를 축하하는 자리에서 유방은 스스로 자신의 승인을 이렇게 분석합니다.

"나는 소하(蕭何)만큼 행정능력이 뛰어나지 못하고, 지략은 장량(張良)에 미치지 못하며, 군사지휘에서는 한신(韓信)을 능가하지 못한다. 그러나 나는 이 모두를 이들을 통해 능히 해결할 수 있었다. 반면 항우는 범증(范增) 한 사람도 제대로 부리지 못했다. 그래서 내가 승리한 것이다."

또한 이에 앞서 한신이 항우에게서 빠져 나와 유방에게 기용되었을 때, 그는

"한왕(유방)의 능력은 대체로 항우보다 떨어진다. 그러나 항우는 필부의 용기와 아녀자의 성정을 가진 사람이니, 지도자로서 큰일을 할 재목이 아니다."라고 평가하고 있습니다.

이렇게 유방이 이기고 항우가 진 것은 일종의 오만하고 덕이 모자란 사람이 그렇지 않은 사람에게 진 것으로 보는 관점이 우세합니다. 그래서 두 사람의 인

성을 놓고 리더십 이론에서 사례연구를 하기도 합니다. 하지만 전쟁사의 관점에서 볼 때, 초-한 전쟁의 승패가 그것만으로 갈렸다고 보기는 힘듭니다. 전술적인 면과 전략적인 면에서의 차이에서부터 시대상황의 변수를 생각해 보지 않을 수 없습니다.

하지만 전술 면에선 항우는 천재수준으로 몇 만 명으로 몇 십만 명을 붕괴시킬 수 있는 능력을 가졌습니다.

당시의 군대는 대부분 병농일치제에 따른 군대였습니다. 즉 밭을 가는 평범한 필부의 농부들을 강제징집하거나, '군대에 들어오면 먹을 것을 준다'고 하여 기근에 시달리는 농민, 유랑민 등을 끌어들여 병력을 확보합니다. 이처럼 대체로 아마추어 군대이고 목숨을 걸고 싸우겠다는 의식도 부족한 군대였습니다.

그런데 항우의 군대는 조금 달랐던 것 같습니다. 물론 다수 병력은 이런 식이었겠지만, 그는 꾸준한 훈련과 단합 정신 고취를 통해 소수정예 병력을 갖추고 있었습니다. 그래서 항우는 늘 일선에서 앞장서 돌격하며 부하들의 투지를 불태웠습니다. 여기서 그치지 않고 최고사령관의 몸으로 직접 벽돌을 나르거나, 다친 병사를 간호하며 눈물을 흘리는 등의 인간적 면모를 보여주면서 병사들의 신뢰와 충성을 다지려 했습니다.

이런 점은 좋아 보이지만, 반대로 그것은 소수의 분전에만 의존하는 병력운용, 그리고 '우리 편'을 지나치게 철저히 따지는 경향으로 나타납니다. 그래서 항우의 막료들을 보면 소수를 제외하면 대부분 항우의 친인척, 즉 가장 믿을 수 있는 사람들로 채워져 있었습니다. 반면 유방의 막료들은 처음 고향에서 건달 노릇을 하다 만난 사람들을 비롯하여, 천하의 곳곳에서 모여든 사람들로 구성 되어 있었습니다. 능력 위주로 병력을 운용했다고 할까요.

사면초가(四面楚歌)라는 고사성어를 남긴 초나라 항우가 유방에게 패해 오강 에서 자살할 때 사랑하던 비 우희도 함께 자진했습니다. 그때 상서롭게도 그 묘 위에 한 송이 꽃이 피었습니다. 그 꽃을 양귀비꽃이라고 하는데 일명 우미인 꽃 이라고도 한답니다. 이 꽃은 박수를 치거나 노래를 부르면 그 장단에 맞추어 춤 을 춘다고 하여 무초(舞草) 즉 춤추는 꽃이라고도 합니다. 경극『패왕별희(覇王 別姬)』의 주인공으로 남아 오늘날까지 춤을 추고 있으니 참 이름과 같이 기구 한 운명인 것 같습니다. 양귀비꽃은 언뜻 보면 몹시 화려한 것 같이 보이지만 어딘가 모르게 슬픔을 간직한 듯 처량해 보일 때도 있습니다. 서방님의 칼을 빼 앗아 자진할 때 우미인의 칼끝에서 뿜어져 나오는 핏빛이 붉은 꽃으로 스며들 어서인지 아니면 사면초가를 듣는 그녀의 탄식이 서려있어서인지 한참 들여다 보고 있으면 꽃말 같이 심난한 기분이 들기도 합니다.

도도한 강물은 옛날이나 지금이나 다름없이 흐르는데
한과 초의 흥망은 두 언덕의 흙일세.
그때의 옛일이 자취 없이 사라진지 오래거니
항우의 술잔 앞에서 슬퍼하던 우희(虞姬)의 몸부림
이제 누굴위해 저리도 하늘거리는고

이 한시의 끝 구절 때문인지 바람도 없는데 하늘하늘 흔들리는 모습은 소리 없이 길게 내쉬는 한숨처럼 보입니다.

"내가 그대들을 위해 포위를 뚫으리라. 하늘이 나를 망하게 한 것이지, 내가 잘
못 싸운 게 아님을 증명하리라!"

해하에서 마지막 몸부림치며 외치는 항우의 모습이 생생히 아른거립니다. 그
리고 성격에서 나타나는 자존심과 교만함이 묻어 있는 일성이었습니다.

무엇보다도 천하를 얻은 유방의 가장 큰 장점은 배포와 용인술에 있었습니다.
황제가 된 이후에도 빗발치는 화살과 쏟아지는 돌멩이 세례 속의 전쟁에 참여
하였습니다. 그리고 불리한 상황에서 항우와의 전쟁을 피하고자 직접 적진으
로 들어가 사과하는 대담한 결정을 하는 홍문연 사건에서 보듯이 그의 배포는
결정적인 역할을 합니다. 물론 사전에 항우의 성격을 철저히 분석하기도 하였
지만 가장 중요했던 것은 이러한 위기 순간에서의 그의 배포였던 것입니다.

장량, 소하, 한신 그리고 진평 등 천하의 인재들을 중용했던 유방의 용인술 또
한 중요한 장점 중 하나일 것입니다. 그는 출신성분을 중요하게 생각하지 않았
습니다. 재능만 있으면 신분고하를 따지지 않고 대담하게 함께 했고, 또한 그
들이 자기 능력을 최대한 발휘할 수 있도록 아낌없이 지원했습니다. 이 부분은
지금까지도 논쟁의 중심에 있는 화두입니다. 능력을 중시할 것인가, 인간관계
를 중시할 것인가?

물론 때로는 비겁하고 승리를 위해 신의를 저버리기도 했으며 자기 목숨을 부

지하려고 자식의 목숨을 돌보지 않았습니다. 성공 이후에 자신을 도운 이들을 사지로 몰기도 하는 등 가볍지 않은 단점을 가지고 있습니다. 하지만 평민 출신으로 평민의 시각에서 400년 역사의 한 제국을 일으킨 그의 발자취는 현재의 우리에게도 지도자의 덕목과 한계를 반추해보는 좋은 사례라 할 것입니다.

주 8) 한신과 초한대결

항우와 유방은 천하통일의 대업을 완성한 진시황이 망하고 무주공산이 된 중국천하를 놓고 용호상박의 대전투를 감행한 세기의 영웅들입니다. 이 대인들의 삶에서 우리는 인생의 결을 배워야 합니다. 물에는 물결이 있고 인생에도 인결이 있습니다. 이런 숨결의 미학에는 인간의 간곡한 정곡이 숨어 있습니다.

결국 유방이 항우를 무찌르고 천하를 쟁패해서 한나라의 고조가 되었습니다. 그 시대 한고조를 만들기 위해 불철주야 온몸을 던진 비운의 영웅이 있었으니 그가 바로 회음후 한신 장군입니다. 이 과정에서 처음에는 항우의 전력이 유방보다 크게 우세했고 유방은 항우와의 전투에서 자주 패해서 도망 다니기 바쁜 신세였습니다. 그 당시 주변의 상황은 이미 천하는 항우의 손아귀에 들어 있는 양 보였습니다. 그런데 결과는 항우는 해하성에서 유방의 군대에 의해 사면초가로 포위되었고 그곳을 가까스로 탈출해서 오강으로 도망갔습니다. 그 뒤로는 수천 수만 명 유방의 군대가 추격해 옵니다. 말 그대로 사면초가 진퇴양난의 위기가 엄습해 왔습니다. 이에 절망한 항우는 강을 건너 강동으로 피신해서 훗날을 도모하라는 신하들의 만류를 뿌리치고 자결를 택했습니다. 그는 죽음에 앞서 이렇게 울부짖습니다.

"아아, 하늘이 나를 버렸구나!!"

정말 하늘이 항우를 버렸겠습니까. 한나라의 사상가 양웅은 『법언』이라는 책에서 항우의 죽음에 관해서 이렇게 기록하고 있습니다.

"아아, 원통하도다. 터럭 하나의 차이가 하늘과 땅의 차이로 벌어졌도다. 유방은 많은 사람들의 책략을 잘 접수하였다. 많은 사람들의 책략을 잘 받아들인 유방군대의 역량은 날로 날로 부강하게 되었다. 그러나 항우는 달랐다. 오만과 교만에 둘러싸여 남들의 의견을 무시하고 오직 자기의 용맹만을 믿고 그를 밀고 나갔다. 얼마나 어리석음의 극치를 달렸는가. 여러 사람의 책략이 모이면 바로 승리하게 될 것이요, 자기 개인의 지략과 용맹만 믿으면 바로 실패의 나락으로 떨어질 것을. 항우가 지옥의 길로 방향을 튼 것은 하늘의 뜻과는 아무 관련이 없고 이 대목에서 하늘을 원망하는 것은 어리석은 짓이다."

사마천은 항우가 이처럼 자기를 과신하려는 고집스런 행동을 투현질능(妬賢嫉能)이라고 질타하였습니다.
자기보다 현명한 신하, 능력 있는 신하를 질투했기 때문에 그들의 이야기를 듣지 않았다는 겁니다. 그래서 능력 있는 신하들이 항우 곁을 떠나갔습니다. 항우 곁을 떠난 대표적인 인물이 나중에 유방 휘하에서 혁혁한 공훈을 세우는 명장 한신입니다.

한신은 한때 지지리도 가난한 탓에 비행청소년인임은 물론 재주와 수완도 변변치 못해 눈물겹도록 찌들은 지독한 백수였습니다. 어머니가 죽었을 때 장례비도 없어 높은 곳 양지바른 노지에 그냥 묻어줄 정도였습니다. 하지만 뜻은 고고하게 가지고 있는 사람처럼 처신머리는 꿋꿋하게 지켰습니다. 훗날 이루게 될 큰 꿈을 품으면서…….

동가식서가숙(東家食西家宿) 하던 청년이 하루는 지인의 부인에게 구박을 받고 낚시터에서 배고픔을 달래며 서성거렸습니다. 그때 표씨 성을 가진 한 여인이 그에게 밥을 내주었습니다. 배고픔에 주눅이 들었던 그에게 한 그릇의 밥은 그 무엇보다도 귀중한 것이었습니다. 그 이후 우여곡절을 겪은 후 한신은 제왕의 신분으로 금의환향을 하게 되었습니다. 그리고 그 옛날 자기에게 밥 한 그릇을 내어준 그 여인에게 금 천 냥을 하사하였습니다. 여기서 밥 한 그릇 공양이 천금이 되었다고 해서 일반천금(一飯千金)이라는 고사성어가 생겨났습니다.

과하지욕(胯下之辱)(시정잡배의 가랑이 사이로 지나가는 치욕)의 치욕을 참고 훗날 그를 잊지 않고 크게 보답한 일과 소하가 그를 천거할 때 국사무쌍(國士無雙),이라는 표현을 했습니다.(주 10)

한신은 동가식서가숙(東家食西家宿)하던 힘겨운 시절에도 유일하게 가지고 다니던 것이 바로 목숨처럼 아끼던 칼이었습니다. 그의 청년시절 시정잡배 무리의 두목이 그 칼을 빼앗으려고 하자 그는 혼자서 그 무리들과 맞붙는 것은 조족지혈이라는 것을 알아차렸습니다. 한신은 한참을 물끄러미 바라보다가 눈치를 보지 않고 그 두목의 가랑이 사이로 지나갔습니다. 그래서 그때의 치욕도 훗날의 대업을 위해 과감히 행한 것입니다. 이때 생겨난 고사가 과하지욕(胯下之辱)입니다. 유방과의 대화에서 지금도 자주 쓰이는 다다익선(多多益善)의 표현을 만들어 냈으며 전략적으로 적을 속이는 명수잔도(明修棧道) 암도진창(暗度陳倉)이라는 고사성어도 만들어 냈습니다. 병법의 금기인 배수진(背水陣) 전술을 결사적 각오의 의미인 배수진을 탄생시켰습니다. 훗날 향우의 마지막 결전인 해하전투에서 승리하여 그를 사지로 몰아넣어 사면초가(四面楚歌)라는 말이 나오게도 만들었습니다.

엄청난 공적에도 불구하고 유방과 여후의 처신문제가 겹치면서 천수를 누린 장량과 소하와는 달리 한신은 비극적 최후를 맞이했습니다. 이로 인해 토사구팽(兎死狗烹), 토끼사냥이 끝나면 사냥개를 잡아먹는다. 라는 고사가 널리 퍼졌습니다.

주 9) 한 나라 왕의 길을 가느냐, 충신의 길을 가느냐?

한신이 제나라 왕의 자리에 등극하였습니다.

등극하기 전 한신의 기세는 누구도 범접할 수 없는 하늘을 찌를 만하였습니다. 그래서 유방에게 자신을 제나라의 가왕, 즉 임시적인 왕으로 임명해 줄 것을 간청하였습니다. 그러나 유방은 제나라의 왕으로 봉하고 초나라를 공격하라고 명령하였습니다. 별 볼 일 없던 회음의 찌질이 한신이가 마침내 제나라의 당당한 왕이 되는 순간이었습니다.

이 한신의 제안이 의심이 가는 대목입니다. 처음부터 근본이 없는 것인지 소탐

대실하는 것인지? 한번 세밀히 관찰해 봅시다. 이게 천하의 삼분의 일을 차지하고 있는 사나이의 야심인지, 아니면 진실로 그저 일시적인 계책으로 제안을 하는 일인지. 한신 같은 천하제일의 전략 전술가, 지략가, 병법가인 명장, 명군에 걸 맞는 모양새인지 가늠되지 않는 부분이 가는 대목이라는 것입니다. 그 동기에 대해 『사기』나 『한서』에서는 별다른 언급이 없습니다.

이때 유방의 상황도 유리한 것은 아니었습니다. 사수(泗水)에서 초나라 대사마(大司馬) 조구(曹咎)와 장사 사마흔을 격파는 했습니다. 그러나 이 소식을 들은 항우가 팽월(彭越)을 공격하다 말고 돌아와서 서로 대치하고 있어 안심할 수 없는 상황이었다는 것입니다. 이미 한신은 역이기 사건으로 유방의 의중을 거스른 전례도 있었고, 이 때문에 유방은 몹시 분개해서 앞뒤 생각하지 않고 한신을 공격해버리려고 했습니다. 이러한 사후 맥락을 훤히 꿰뚫고 있는 한신이 이 같은 판단을 하리라고는 짐작이 가지 않습니다. 하지만 장량이 "지금 한신을 건드려서 좋을 게 없습니다."라는 말로 이를 만류하였습니다. 유방은 열 받긴 했지만 사리분별을 할 능력은 충분히 있던 대인이기에 미래의 큰 꿈을 위해 순식간에 태도를 돌변시켰습니다.

초나라 항우는 믿었던 용저마저 죽자 항우 역시 한신의 기세에 겁을 먹기 시작하였습니다. 그래서 우태지역 출신인 무섭(武涉)을 보내 한신을 회유하려고 시도했으나 한신은 항우의 제의를 단칼에 거절하면서 지난 날을 되새겼습니다.

이에 무섭도 대답할 말이 없어 물러갔습니다. 그런데 이때 또 괴철이 슬금슬금 한신에게 다가왔습니다. 괴철이 보기에 천하의 향방이 한신에게 달려 있었으므로, 그를 위해 계책을 한번 내어보기로 한 것입니다. 괴철은 처음에는 '관상을 봐주겠다.'라는 시답잖은 소리를 하며 한신에게 접근하더니, 곧 본색을 드러내기 시작합니다. 괴철(塊鐵)은 원래 연나라의 책사였으나 한신이 제나라를 제압하고 연나라를 굴복시킬 즈음 한신의 식객으로 있었습니다. 한신을 능가하는 대단한 통찰력을 가진 자입니다.

"천하가 들고 일어나 세상이 어지러워졌을 때, 영웅호걸들이 제각기 명분을 내걸고 한 번씩 큰소리치니 천하의 재사들이 구름처럼 떼 지어 몰려들어 군웅할거 합니다. 마치 처음에는 물고기 비늘처럼 서로 뒤섞이더니, 들불처럼 번지는 화염과 같이, 일진광풍의 회오리바람을 일으킵니다.

당시 모두의 관심사는 단지 진나라의 멸망에 대한 것이었으나 지금 상황은 초와 한이 나뉘어 한 판 천하 쟁탈전을 벌입니다. 그러는 사이 천하는 피비린내로 진동합니다. 초나라가 팽성에서 일어나 사방의 적을 쫓아다니다 그 패주하는 적의 뒤를 따라 형양에 이르게 되었습니다.

승세를 탄 초군이 천하를 움켜쥐고 천하를 진동시킬 기세입니다. 그러나 그 초군도 한군의 반격으로 기세가 꺾이고 성고의 서쪽에 있는 험악한 산세에 막혀더 이상 전진하지 못한 지가 이미 3년이 지났습니다. 한왕은 몇 십만 명이나 되는 군사와 말을 이끌고 공현(鞏縣)과 낙양(洛陽) 일대에서 초군의 서진을 막고, 지형지물에 의지하여 초군의 공격에 간신히 버티고 있습니다.

한왕은 그동안 하루에도 몇 번이나 싸웠지만 패전만 계속하고 있습니다. 외부로부터 구원도 받지 못하고 결국은 형양과 성고의 싸움에서 타격을 입고 완(宛)

과 섭(葉) 땅으로 도망쳤습니다. 군대의 사기는 험준한 요새에서 꺾이고 창고의 양식은 다 떨어졌으며 백성들은 고통과 피로에 지쳐 있습니다. 그래서 그 원성은 길거리를 가득 메우고 있어 민심은 동요되었습니다.

이에 제 생각으로는 이 상황에서 어떤 성현이 와도 그 화란을 멈추지 못할 겁니다. 그래서 오늘 결국 한왕과 초왕 두 왕들의 운명은 모두 장군의 손안에 달려있게 되었습니다. 장군께서 한왕의 손을 들어주면 한왕이 승리할 것이고, 초왕에게 협조하면 초왕이 승리하게 될 것입니다. 이에 제 속마음을 피력하여 어리석은 계책이나마 올리고자 하오나 단지 걱정되는 것은 장군께서 제 계책을 받아들이지 않을까 해서입니다.

장군께서 나의 계책을 진정으로 받아들이신다면 한과 초 두 나라에게 이익을 줄 수 있어 천하가 정리가 됩니다. 그 이후 천하를 삼분하여 정족지세(鼎足之勢)를 이루어 어느 누구도 아무도 감히 먼저 움직이지 못할 것입니다. 그리된다면 장군의 뛰어난 능력과 성스러운 덕성으로 수많은 무기와 군사들을 거느리고 부강한 제나라를 중심으로 힘의 균형을 유지할 수 있습니다. 그런 후에 연과 조, 두 나라를 복종시키고 유(劉)와 항(項)의 군대가 없는 땅으로 나아가 그들의 후방을 압박하면 됩니다. 그러면 그것이 바로 순조롭게 백성들의 마음을 얻을 수 있는 것입니다.

또한 계속해서 서쪽의 형양성 쪽으로 진격하여 유(劉)와 항(項)의 분쟁을 중지시켜 나갑니다. 이렇게 되면 천하 사람들은 장군의 주위로 몰려들 것입니다. 그렇게 천하를 재편하면 천하는 장군이 베푼 덕에 감격하여 제나라의 명을 받들며 귀의할 것입니다.

이에 제나라의 옛 땅을 지키고 교하(膠河)와 사수(泗水) 유역을 근거지로 하면서 덕을 베풀어 감동시킨 제후들을 소집하면 됩니다. 이때 겸양의 자세로 자신을 낮춘다면 천하의 제후와 왕들과 그 재상들은 줄을 서가며 제나라에 들어와 조배를 드릴 것입니다.
'하늘이 주는 것을 취하지 않는다면 오히려 후에 벌을 받고, 때가 왔을 때 행동하지 않는다면 도리어 그 재앙을 받는다.'(盖聞天與不取 反受其咎, 時至不行 反受其殃).라고 들었습니다. 원컨대 장군께서는 심사숙고하시기 바랍니다."

괴철이 설득하고, 한신이 고민하는 이 부분은 「회음후 열전」은 물론, 『사기』 전체에서도 명장면으로 손꼽히는 부분입니다. 한신은 이 말을 듣고, "한왕이 나에게 잘 해주었는데, 내가 배신하는 게 옳겠는가?" 하고 의리를 중요하게 고민했습니다. 그러자 괴철은 다시 한 번 "어차피 평생 가는 우정 따위는 없다."는 논지로 사이가 좋았다가 깨진 사람들의 이야기를 열거했고, 한신은 "조금 생각해보겠다."면서 답변을 미루었습니다.

며칠 뒤, 애가 탄 괴철은 다시 한 번 한신을 설득했습니다. 그러나 결국 한신은 주저주저 하다가 결국 괴철의 제안을 받아들이지 못했습니다. 또, 자신의 공이 워낙에 크기 때문에, 자신에게서 유방이 제나라를 쉽게 빼앗아가지는 못할 것이라고 자만한 것입니다. 그래서 괴철은 다음과 같은 명언을 남기고 피맺힌 분노를 머금고 한신 곁을 떠났습니다.

"무릇 말을 기르는 일 따위에 마음을 쏟는 자는 천자의 권위를 잃게 되고 한두 섬의 봉록이나 지키기에 급급한 자는 높은 자리를 지켜내지 못합니다. 지혜는 일을 결단하는 힘이 되고 의심은 일을 방해하는 걸림돌일 뿐입니다. 터럭 같은 작은 일이나 꼼꼼하게 헤아리다 보면 천하대세를 잊어버려 깊이 헤아려 잘 알고 있으면서 과감히 결단하지 못합니다. 해야 될 일을 두고 우물쭈물 하다가 감행하지 않으면 모든 일의 화근이 됩니다. 무릇 공을 이루기는 어려워도 그르치긴 쉬우며 때를 얻기는 어려워도 잃기는 쉬운 것입니다."

그리고 괴철은 일이 글렀음을 알고, 일부러 미친 사람 행세를 하며 돌아다녔습니다. 이렇게 한탄하면서,

"어리석은 사냥개를 깨우쳐 주다가 간사한 토끼가 죽은 뒤에는 나까지 사냥개와 함께 삶기게 되었구나."

유방이 승리하면 이런 이야기를 나누었다는 것만으로도 처형 감인데, 정신병자 행세를 해서 이를 모면해 보려고 한 것입니다. 진나라 황제 '영'이 죽고 난 이후로 진승과 오광의 난, 진나라 장군 장한과 환관 조고의 활약(?)이 나오고, 그 유명한 한 삼걸 중 한신과 장량의 소하의 이야기가 나오는데 이를 되새겨 봅시다. 재밌는 건 여기까지도 한나라 초대 황제인 유방은 여전히 보통 생각하는 '황제 길' 혹은 '천하통일의 길'과는 정말 한참 거리가 먼 사람인 것 같습니다. 결국 그것도 광무산에서의 변사 후공이 제안한 천하 이분(동서로 초·한이 각각 영토를 다스리는)의 약속을 파기하고 항우의 뒤를 치는(어찌 보면 당시의 윤리관으로서는 아무리 전쟁 상황이라도 정말 비열한 행위로 평가될 수 있는)방법

으로 유방은 초·한 쟁패의 최후 승자가 되며, 한나라의 황제자리에 오릅니다.

한 삼걸(회음후 한신, 유후 장량, 찬후 소하)의 운명은 여기에서 좌우되게 됩니다. 그 중 초한 전쟁에서 가장 공로자이고 수혜자인 한신은 결국 모반죄로 몰려 죽게 됩니다. 남들은 그렇지 않은 데도 불구하고.

이런 한신의 죽음 부분을 관심 깊게 들여다보면 우리 인생의 긴 여로에서 어떻게 처신하는 것이 현명한 것이고 하늘이 내린 책임과 임무를 수행하는 길인지 깊은 생각을 하게 합니다. 항우에 의해 유방의 한군이 박살이 나는 상황에서도 한신은 탁월한 군사적 재능을 발휘해 결국 한왕 유방과 동일한 지위의 제왕이 되기에 이릅니다.

한신이 제왕에 오른 뒤, 그의 변사(책사)인 괴철이 지금 한왕으로부터 독립하지 않으면, 결국 한신은 전쟁이 끝난 뒤에 죽을 운명임을 예견합니다. 결국 도의적 이유 혹은 그의 성격적 문제에서건 괴철의 조언을 거부한 한신은 죽음에 이르러 자신이 괴철의 말을 듣지 않았던 그때를 후회했다고 합니다.

여기서 간과해서는 안 될 것은 괴철과 장량 등이 보기에 이미 한신이라는 존재는 한신이라는 한사람의 단수가 아니라 그 휘하의 여러 장수들과 일개 병졸들을 포함한 복수의 개념입니다. 즉 한신은 자의든 타의든 한왕 유방과 대등한 자신의 위치의 반열에 들어선 겁니다. 한신은 이를 실감하지 못하고 하늘의 부름을 거역하면 모반 혹은 독립하여 세력을 이루지 않더라도 결과적으로 한왕 유방에 의해 제거될 수밖에 없는 운명에 놓이게 됩니다. 단순히 한신에게 국한된 것이 아니라 우리 모두에게 적용되는 일인 만큼 이 대목을 꼭 되새겨야 합니다.

항우의 밑에서는 일개 '객'에 불과했던 한신은 유방, 소하, 장량이라는 배경 속에서 '대장군'이 될 수 있었고, 결국 괴철을 포함한 여러 사람들의 욕망을 대변하는 '제왕'이라는 존재로 투영되게 됐습니다. 이런 점에서 한신은 이미 유방, 항우와 동급의 존재가 돼 버렸고 독립하지 않는 이상 이들 밑에서 다시 일개 장수로 돌아갈 수 없게 된 운명입니다. 결국 유방도, 항우도, 한신도 그 주위를 둘러싼 사람이라는 환경적 요소가 그들 자신의 운명을 결정적으로 좌우했다고 볼 수 있지 않을까요?

아마도 이렇게 눈에 보이지 않는, 혹은 대개 인식되지 않는 환경적 요소를 흔히 거역할 수 없는 '하늘의 뜻', '신의 의지' 등으로 표현합니다.

주 10) 국사무쌍(國士無雙)

국사(國士)는 한 나라의 훌륭한 선비를 말합니다. 국사무쌍이란 한 나라에서 둘도 없는 특출히 뛰어난 인물이란 뜻입니다.

회음(淮陰) 사람 한신(韓信)이 무명 서민이었을 때는 가진 것도 없었을 뿐더러 남 달리 뛰어난 재주도 없었기 때문에 남의 추천을 받거나 선발되어 관리가 될 수도 없었습니다. 또 장사에 수완이 있어 생계를 꾸려 나갈 재간도 없어 항상 남에게 얹혀살았습니다. 그래서 그를 아는 사람은 누구나 그를 멀리 했습니다. 그는 빨래하는 표모(漂母)에게 밥을 얻어먹으며 멸시를 당하기도 하고, 동네 불량배와 시비가 붙어 그의 바짓가랑이 사이를 기어가 겁쟁이라고 놀림을 받기도 했습니다.

당시 항량(項梁)이 거병했을 때, 한신은 그의 휘하에 들어갔으나 별다른 인정도 받지 못했습니다. 항량(항우의 삼촌)이 전사한 후에는 항우(項羽)의 휘하로 가 낭중(郞中)이 되었으나 역시 별로 눈에 띄지 못했습니다. 한신은 항우의 휘하에서 도망쳐, 한중왕이 되어 촉으로 쫓겨 가는 유방(劉邦)의 무리에 합류했습니다. 하지만 여기서도 역시 인정을 받지 못했고, 오히려 법을 어겨 사형을 당할 처지가 되었습니다. 한신은 하늘을 우러러보며 한탄하다가 우연히 등공(滕公)과 눈이 마주쳤습니다. 그러자 그를 보고 큰소리로 외쳤습니다. "상(上, 유방)께서는 천하를 차지할 생각이 없습니까? 어떻게 장사를 죽인단 말입니까?" 등공은 한신의 말투와 얼굴이 비범하다고 생각하고 그를 풀어 주었습니다. 그리고 한신과 대화를 나눈 후 크게 기뻐하며 유방에게 그를 추천했습니다.

유방은 한신을 재정관에 임명했으나, 아직 그를 비범한 인물로 보지 않았습니다. 승상 소하(蕭何)는 한신이 비범한 인물임을 알아보고 여러 차례 유방에게 한신을 추천했으나, 유방은 여전히 한신을 거들떠보지도 않았습니다. 한신은 유방에게 별다른 희망이 보이지 않아 유방을 떠났습니다. 일찍 한신의 능력을 눈여겨봤던 소하가 한신을 뒤쫓아 갔는데, 유방은 믿었던 소하마저 도망한 것으로 생각하고 크게 낙담했습니다. 그런데 소하가 한신을 데리고 나타나니까 그를 이해했습니다.

"많은 장수야 얻기는 쉽지만, 한신 같은 사람은 천하가 부르는 나라의 인물이라 견줄 만한 사람이 없습니다. 왕께서 길이 한중에서 왕 노릇을 진정으로 염원한다면 한신 같은 사람이 쓸 곳이 없겠습니다. 다시 아룁니다. 반드시 천하를 거머쥘 요량이라면 한신이 아니고서는 더불어 일을 도모할 만 한 자가 없습니다. 왕께서는 어느 계책으로 결정하시겠습니까?"(何曰, 諸將易得耳, 至於

信者, 國士無雙. 王必欲長王漢中, 無所事信. 必欲爭天下, 非信無可與計事者. 顧王策安決耳).

유방의 생각은 단호했습니다.

"나 또한 동쪽으로 가고자 할 뿐이다. 어찌 안이하고 답답하게 오랫동안 이곳에 있겠는가?"(王曰, 吾亦欲東耳. 安能鬱鬱久居此乎).

이 말을 마치자 말자 곧바로 한신을 호출한 유방은 한신을 즉석에서 대장에 임명하였습니다. 많은 반대가 쏟아질 것을 예상하면서 소하가 말했습니다(乃召信, 拜大將 何曰).

"왕께서 평소 거만하고 예가 없어 이제 대장을 임명하는데 마치 어린아이 부르듯 하십니다. 이것이 한신이 떠난 까닭입니다. 왕께서 반드시 임명하려고 하신다면 좋은 날을 택하여 목욕재계하시고 단을 만들어 예를 갖추어야만 합니다."(王素慢無禮, 今拜大將如呼小兒. 此乃信所以去也. 王必欲拜之, 擇良日齋戒, 設壇場具禮, 乃可耳).

유방이 이를 허락하였습니다. 여러 장수들이 모두 기뻐하여 저마다 본인들이 대장이 될 것으로 생각하였는데 한신이 대장이 되자 온 군대가 모두 놀랐습니다. 이 이야기는 『사기(史記)』 「회음후열전(淮陰侯列傳)」에 나오는데, 소하가 한신을 평한 말에서 '국사무쌍'이 유래했습니다.

6. 새로운 시대의 가치관

1) 새로운 시대의 가치관

새로운 시대의 가치관은 시대사조와 시대사상 또는 시대정신의 척도(尺度)가 된다. 이는 물어볼 가치도 없이 불을 보듯 뻔한 일이다. 따라서 이것은 시대적으로 이루어야 할 시대적 목표의 중심사상으로서 해결해야 할 시대적 과제의 가치기준이 되는 것은 필연적인 것이다.

2) 태평양시대의 가치관

태평양시대의 가치관은 '태평성대 의기양양(太平聖代 意氣洋洋)'이다. 우리 한반도는 이 시대적 가치관을 철저히 주목하고 통찰해야 한다. 그리고 이것이 우리나라의 미래의 꿈을 성취하는 지표임을 인식하고 하늘에서 내려준 천재일우의 기회를 놓쳐서는 안 된다. 이러한 한반도의 사명과 책임을 기필코 실현해야 할 것이다.

7. 운기작용(運氣作用)과 성사재천(成事在天)

제갈공명은 기산의 오장원 호로곡 전투에서 삼국통일의 꿈을 가슴에 품고 위나라 사마의와 최후의 승부수를 던진 화공법(火攻法)을 도모한다. 드디어 작전에 걸려드는 순간 마음속으로 심히 기뻐하면서 이제 사마의는 반드시 죽게 되고 천하는 통일될 것이다. 그런데 이게 웬일입니까?

불기천우대강(不期天雨大降)하야 화불능착(火不能着)이라.

소낙비가 와서 불이 꺼지면서 작전은 실패하고
사마의 무리가 무사히 도망가는 것을 바라보고

앙천대탄(仰天大嘆)하기를

하늘을 우러러 크게 한탄하기를

운래천지개동력(運來天地皆同力)이요, 운거영웅부재모(運去英雄 不再謀)로구나.

운이 오면 하늘과 땅이 함께 하고, 운이 가니 영웅이 아무리 기발한 재능으로 일을 꾀하더라도[謀事] 소용이 없다.

의불집방(醫不執方)이요 병불집법(兵不執法)이니,

모사재인(謀事在人)이요, 성사재천(成事在天)이라 했다.(Man proposes, God disposes.)

의사가 치료방법을 몰라서 사람이 죽는 것이 아니요, 장수가 병법을 몰라서 전쟁에 패하는 것이 아니구나. 모사는 사람이 하지만 성사는 하늘이 주도한다.(주 11)

위와 같은 명문을 남기고 천하의 명장, 대전략가, 전술가도 쓸쓸히 역사의 뒤안길로 사라졌다.

한나라시대에 명장 한신에게는 유명한 책사 괴철(蒯徹)이 있었다. 그는 말했다.

공자난성이패(功者難成易敗)이요, 시자난득이실(時者難得易失)이라.

공이라는 것은 어렵게 이루어서 쉽게 잃게 되는 것이며 때라는 것도 어렵게 얻어서 아주 쉽게 잃어버린다고 경고했던 것이다. 우리는 모처럼 얻은 천운을 맞이하여 대한민국의 대도약의 인프라를 깔아놓고 약진과 좌절의 기로에서 머뭇거리며 진통을 겪고 있는 것이다.

부디 이 진통이 새로운 역사의 옥동자를 탄생시키기 위한 몸부림이기를 기대하면서 우리의 선택과 집중이 절실하게 요망되는 시점임을

명심해야 할 것이다.(주 12)

이러한 역사적 사실을 토대로 하여 하늘이 주는 시대적 운기작용인 시운(時運)에 따라 성패가 좌우된다는 역사적 교훈을 우리 국민들은 다시 한번 재음미해 봐야 할 것이다.

주 11) 기산의 오장원 호로곡 전투

사마의는 상방곡(上方谷)에서 제갈량의 화공에 당했는가?

『삼국지연의』에서 온갖 방법으로 제갈량의 지모를 묘사한 것은 널리 알려져 있습니다. 나관중은 북벌에서도 제갈량이 상방곡(上方谷)에서 사마의를 화공하였다고 하였습니다. 그러면 이곳의 화공은 진실일까?

제갈량은 마지막으로 북벌에 나서 위빈에서 사마의와 대결하였습니다. 사마의는 패배를 맛보자 수비를 견고히 하고 밖으로 나오지 않았습니다. 그래서 제갈량은 은밀히 마대에게 명하여 상방곡(호로곡)에 깊은 도랑을 파고, 불타기 쉬운 마른 장작을 쌓고, 주위의 산에는 띠집을 짓고 지뢰를 묻게 하였습니다. 그리고 고상에게 명하여, 목우유마를 급히 몰게 하여 군량미를 수송하는 것처럼 보이게 했습니다.

한편 사마의는 부하에게 명하여 목우유마를 약탈하고, 수송대의 병사 수십 명을 붙잡아 문초하였습니다. 그리하여 제갈량이 상방곡에서 군량미를 쌓고 있다는 것을 알았습니다. 사마의는 여러 장수들에게 기산에 있는 촉의 본영을 공격하게 하여 촉군의 주력을 견제하는 한편, 몸소 두 아들과 함께 군사를 이끌고 상방곡을 습격하여 적의 군량미를 태워 타격을 주려고 하였습니다. 제갈량의 계략에 사마의가 걸려 든 것이지요.

그래서 제갈량은 위연으로 하여금 사마의를 상방곡으로 유인하게 하였습니다. 사마의가 상방곡으로 들어오자마자 정상에서 횃불을 던지고, 계곡의 입구를 막고, 불화살을 쏘아댔습니다. 그리고 지뢰를 폭파시켜 온 계곡이 순식간에 불구덩이에 휩싸이게 했습니다. 그 위세는 하늘을 태울 듯했습니다. 사마의는 말에서 내려 아들들을 껴안고 울며 외쳤습니다. 그러자 갑자기 강풍이 불며 분지를 뒤엎는 듯한 큰 비가 내려 맹렬한 불이 꺼져버렸습니다. 사마의는 그 기회에 군사를 지휘하여 도망쳤습니다. 마침 장호, 악침의 부대가 응원을 왔고, 마대의 군사가 열세였던 탓도 있어 사마의는 구사일생으로 목숨을 건질 수 있었습니다.

제갈량은 이 전투가 지구전이 될 것이라 보고, 각 지역에서 병사에게 농사를 짓게 하여 장기전에 대비하였습니다. 양군의 대치는 백여 일이나 계속되었습니다. 그러나 제갈량은 시종 사마의와 싸울 기회를 갖지 못했습니다. 머지않아 제갈량은 맥없이 진중에서 죽어버렸습니다.(도서출판 청양 『삼국지 고증학』)에서

주 12) 선택과 집중

선택이란 많은 것 가운데 하나를 골라 집중하는 것이 아니라 선택은 버리는 것이다. 그러면 자연스럽게 한 군데로 집중될 것이다.

8. 새로운 시대정신에 의한 선구적인 선도자들의 활동과 역할들

1) 이 시대를 경륜하는 시대정신이 요구된다

어느 시대, 어느 사회나 그 시대와 사회가 필연적으로 추구해야 하는 필요충분적 시대적 가치(價値)가 있다. 그리고 이에 수반되는 그 사회가 해결해야 할 사회적 과제(課題)나 성취해야 할 시대적 목표(目標)가 있다. 그러기 때문에 이를 위해 지향(志向)하는 '시대정신이나 시대사상'이 반드시 있는 것이다. 이 시대정신이나 시대사상은 그 시대의 가치기준이 되어 그 사회구성원의 의지를 통합결집(統合結集)하는 역할을 한다. 그리고 이는 사회의 공동선(公同善)을 추구하는 구심점 역할은 물론 사회적 과제나 목표를 해결하고 성취하는 척도(尺度)가 되는 것은 당연하다.(주 13)

왜냐하면 시대정신이나 시대사상은 어느 시대든지 사회 일반에 널리 통용되는 정신 및 사상이기 때문이다. 따라서 그 사회와 시대상황에 맞는 시대정신이 정립되어 이를 토대로 국민의지를 결속하여 정진한다면 역사는 새로운 지평(地平)을 열고 웅비하게 된다. 반대로 시대정신이 결여되어 있으면 마치 나침반 없는 배[船舶]가 항해하듯 뚜렷한 지향목표(指向目標)가 없이 바람 따라 흘러가거나 아니면 좌초하여 난파될 것이다. 이는 동서고금의 역사적 교훈이며 진리이고 대도인 것이다.

그러면 시대정신이 과연 어떠한 상황에서 어떤 역할을 했을까? 또 어떤 현안과 과제를 해결하고 목표를 성취했을까? 몇 가지 역사적인 예를 들어 조명(照明)해 보자.

주 13) 공동선(公同善)

개인선은 개인의 이익과 목표, 가치를 추구하는 것이고 공동선은 사회가 추구하고 지향하는 공동의 이익과 목표, 가치를 말합니다. 이 둘은 서로 상충하기도 하고 서로 융합하기도 합니다. 사회에서는 개인선보다 공동선을 우선시 하는 경향이 강합니다. 하지만 이것들은 상호 보완적인 행동을 할 때 그 빛을 발합니다. 다시 말하면 각 개인은 시민으로서의 기본적인 권리를 누리되, 다른 사람의 권리도 자기 자신의 권리와 똑같이 존중하고 보호해 주는 것입니다. 그러므로 시민 정신은 한편으로는 자기 자신의 권익을 내세우면서도 또 한편으로는 다른 사람의 권익과 사회 전체의 공동이익을 준수하는 윤리 의식을 기본으로 합니다. 그래야 이 둘은 조화를 이룰 수 있습니다.

흔히 사람들은 개인적 가치와 이익을 지나치게 중시한 나머지, 공동선과 서로 갈등을 빚는 일이 나타나고 있습니다. 개인의 이기주의뿐만 아니라 지역 이기주의나 집단 이기주의로 말미암은 각종 문제 등이 이를 대변합니다. 그렇다고 공동선을 우선시 하면 개인의 희생이 생길 수 있습니다. 공동선을 따르되 개인의 희생이 올바르거나 공동선을 달성하는 방법이 부당하다면 조율을 잘 해야 합니다.

그리고 정의에 있어서 가치중립이란 없다고 합니다. 『정의란 무엇인가』를 마무리하는 것은 '공동선의 정치'라고 합니다. '공동선의 정치'를 위해선 '새로운 시민성(a new citizenship)'이 필요합니다. 샌델 교수는 강의와 책의 제목이 '정의'나 주제는 어떤 의미에서 시민성이기도 하답니다. 새로운 시민은 시민적 미덕, 애국주의, 자기희생, 이웃에 대한 배려를 명예롭게 여기고 보상하는 데 있습니다.

2) 이율곡의 10만 군사 양병설과 이순신의 백의종군[死則生 生則死 精神]

(주 14)

우리나라 조선시대 중반기인 1583년 병조판서 이이[栗谷]는 임진왜란을 예견하시고 '10만 군사 양병설'을 제기하였다. 그러나 조선 제14대 국왕인 선조를 비롯한 국정 책임자들은 동문서답식으로 냉소하면서 이 주장을 헌신짝 버리듯 묵살하였다.

그는 1584년 한 많은 이 세상을 하직하였는데 풍전등화의 누란지세에 놓인 암울한 국운에 대한 안일한 대응을 보고 아마도 화병으로 돌아가신 것으로 짐작된다.

그 뒤 곧바로 임진왜란이 발발하였고 선조임금을 비롯한 국정책임자들은 의주까지 피난하면서 구차한 생명을 구걸하였다. 그 와중에 국토는 초토화 되고 왜병들에게 희생된 백성들은 귀[耳]가 잘리고 코[鼻]를 베이는 혹독한 참상을 겪어야 했다. 왜인들은 이도 모자라 잘린 귀 외 베인 코를 소금통에 절여서 일본으로 가져간 희생자 수가 몇 만 명이 넘었다고 한다. 정말 원통하고 애석한 일이다. 아직까지도 원수의 땅에서 구천을 맴돌면서 고국을 그리워하며 통곡하는 원혼의 절규를 못들은 척 외면하고 있지 않은가? 중음신으로 이국땅에서 무주공산에서 떠도는 혼귀들을 하루빨리 고국 땅의 정든 고향으로 모셔와야 하겠다.(주 15)

이순신 장군 또한 왜적을 타도하면서 승승장구하는 장군을 당리당략의 이해관계에 혈안이 된 모리배들에게 모함을 당했다. 국가보다는 당리당략에 혈안이 된 모리배들은 잘 싸우고 있는 장수를 끌어내어 억지로 죄수로 둔갑시켜 투옥하였다. 이에 그치지 않고 장군을 모질게 고문하면서 온갖 만행을 자행하다가 전세가 불리하자 백의종군하게 이른 것이다.

그래도 이순신 장군은 "죽고자 하면 살고 살고자 하면 죽는다(死則生生則死)"는 시대정신으로 무장하여 세계 4대 해전의 하나로 기록되는 「명량대첩」의 승전고를 올렸다.(주 16)

스스로 거북선 선두(船頭)로 나가 적탄을 맞고 분연히 싸우다가 전승을 확인한 다음 장렬하게 산화하신 것이다.

이 모두는 당시 국정지도자들이 당대의 시대정신을 망각하고 묵살한 무지의 소치라는 역사적 교훈을 반면교사로 삼아야 한다. 그리고 또 강 건너 불구경하듯 방관하지 말고 오늘의 한국정치의 난세를 치세로 전환하는 대역전의 거울로 삼아야 할 것이다.

또한 김구 선생께서는 1945년 11월 23일 상해 임시정부에서 귀국하기 전날 밤 제시하신 불변응만변론(不變應萬變論)이나 이승만 초대 대통령의 "뭉치면 살고 흩어지면 죽는다."는 말씀도 당대의 시대정신의 표방이었던 것이다.(주 17) (주 18)

주 14) 백의종군

이순신 장군의 백의종군은 우리 국민들을 다시 하나로 묶는 시대의 화두로서 가슴 속 깊이 새겨야 할 국민 덕목입니다. 세월이 약 600년 가까이 지난 지금까지도 그 빛이 조금도 바래지 않는 낙락장송 같은 버팀목 역할을 하고 있습니다. 우리 국민 개개인은 물론 국민총화로 가는 길목에 목마른 갈증을 적셔주는 깊은 산 옹달샘입니다.

주 15) 율곡 이이의 10만 군사양병설

『선조수정실록 』15년 임오(1582, 만력10) 9월 1일(병진) 이이가 네 가지 시폐의 개정을 논한 상소문

(생략)

"이이가 일찍이 경연에서'미리 10만의 군사를 양성하여 앞으로 뜻하지 않은 변란에 대비해야 한다.'고 말하자,

류성룡은 '군사를 양성하는 것은 화단을 키우는 것이다.'라고 하며 매우 강력히 변론하였다.

'류성룡은 재주와 기개가 참으로 특출하지만 우리와 더불어 일을 함께 하려

고 하지 않으니 우리들이 죽은 뒤에야 반드시 그의 재주를 펼 수 있을 것이다.'

이이는 늘 이를 탄식하면서 피맺힌 절규를 하였을 것이다."

임진년 변란이 일어나자 류성룡이 국사를 담당하여 군무(軍務)를 요리하게 되었는데, 그는 늘 "이이는 선견지명이 있고 충근(忠勤)스런 절의가 있었으니 그가 죽지 않았다면 반드시 오늘날에 도움이 있었을 것이다."고 하였다 한다.

율곡 이이의 10만 군사 양병설은 율곡이 활동하던 당대 사료인『율곡전서』, 『서애집』에서는 찾아볼 수 없고 후대 1814년에 간행된『율곡전서』의 부록「김장생 행장」에 처음 나온다고 합니다. 이에 앞서 우암 송시열이 쓴『율곡연보』에 10만 군사양병설의 윤색된 내용이 나온다고 합니다. 또 율곡과 비슷한 시대에 활동한 백사 이항복이 쓴『신도비명』에 '율곡 이이가 군사력을 강화해야 한다고 건의했다는 대목이 나오는데 후대에 조작된 것으로 사료됩니다.

먼저 이 부분을 보면 율곡 본인이 남긴 기록에도 10만 군사 양병설이 나오지 않는다고 합니다. 즉 율곡이 쓴「상소문」과「서간」,「문집」에는 10만 군사양병설이 거론되지 않았습니다. 이 주장은 율곡이 1584년 48세에 타계한 뒤에 나왔습니다. 앞에서 거론했던 이 최초의 기록은 율곡의 제자 김장생(1548~1631)이 작성한『율곡 행장(行狀)』에 다음과 같이 보입니다. 행장이란 죽은 사람이 살아온 일을 후대사람이 적은 글을 가리킵니다.

"일찍이 경연에서 청하기를 '군병 10만을 미리 길러 완급에 대비해야 할 것입니다. 그렇지 않으면 10년이 지나지 않아 장차 토붕와해(土崩瓦解)의 화가 있을 것입니다'라고 하니 정승 유성룡이 말하기를 '사변이 없는데도 군병을 기르는 것은 화근을 기르는 것입니다.'라고 하였다."

김장생이『율곡 행장』을 쓴 시기는 1597년으로 임진왜란이 발발한 지 5년이 지난 뒤였습니다. 김장생이 행장에서 '일찍이 경연에서'라고 적은 시기가 명시된 기록은 우암 송시열(1607~1689)에 이르러 나옵니다. 김장생의 제자 송시열은『율곡연보』에서 이 시기를 '선조 16년(1583) 4월' 즉 임란 발생 9년 전이라고 적시했습니다.

『선조실록』에도 기록되지 않았던 10만 군사 양병설은 효종 때 간행된『선조수정실록』에 사관의 논평 형식으로 실립니다. 10만 군사 양병설 조작을 주장하는 측에서는

"선조수정실록』은 율곡의 제자인 서인이 인조반정을 일으킨 뒤『선조실록』이 북인 편향적이어서 왜곡이 많다며 그 내용을 대폭 수정해 간행한 것"이라며 수정하는 과정에서 왜곡이 이뤄졌다고 설명합니다.『수정선조실록』중 율곡의 기록은 율곡의 직계제자 김장생의『율곡전서』를 모본으로 삼은 것이라고 합니다. 김장생은 기축옥사 때의 송익필의 제자이기도 합니다. 그리고 송익필의 제자가 우암 송시열입니다.

◆ 반박하는 측의 근거는

첫째 김장생이 『율곡행장』을 작성한 시기에 유성룡은 영의정이자 도체찰사였습니다. 이들은 유성룡이 권력 2인자인 시기에 일개 호조정랑(지금의 사무관급)이었던 김장생이 '유성룡이 10만 양병설을 반대했다.'는 허위 문건을 지어내는 것이 가능한 일인가 라고 반문합니다.

이들은 조선 인구를 고려할 때 병력을 10만 명으로 늘리는 일이 불가능했다는 주장에 대해서는 "선조 이전부터, 그리고 선조 이후에도 군병을 10만 명 이상으로 유지했다는 기록이 조선왕조실록 곳곳에서 발견된다."고 반박합니다.

율곡이 10만 양병설을 주장했다고 하더라도 당시 상황에서 이를 실행할 방안은 마땅하지 않았을 것으로 짐작됩니다. 그래서 당시 기록에는 나오지 않은 것이 아닌가 짐작됩니다.

김장생의 후손으로 우리에게 『구운몽』의 작자로 알려진 서포 김만중은 『서포만필』에서 - 10만 양병설은 조작됐다고 한 다음 - "10만 양병설은 말은 좋으나 당시의 나라 형편을 고려하지 않은 이론이고 양병설의 해가 양병설의 효과보다 더 클 것이다."고 봤습니다.

과연 대학자인 율곡이 정말 10만 군사 양병설을 주장했을지 아니면 후대에 조작된 것인지 앞으로 곰곰이 따져 보아야 할 문제입니다.

주 16) 명량대첩

 명량 해전(鳴梁海戰) 또는 명량 대첩(鳴梁大捷)은 1597년(선조 30) 음력 9월
16일(10월 25일) 정유재란 때 이순신이 지휘하는 조선 수군 13척이 명량에서
일본 수군 130여 척을 격퇴한 해전이었습니다.

주 17) 『불변응만변(不變應萬變)』

 이 성명서는 김구 선생의 70평생을 통해 가슴에 새기고 주장해온 우리 국민들
에게 호소한 5,000여 자가 넘는 명문 (名文)입니다. 머지않은 조국독립의 숙원
을 삼천만 동포에게 눈물로 호소한 참다운 애국애족정신의 결정체이며 그 시대
의 시대정신입니다. 또한 자파의 이권을 위해 독립노선을 방해하는 일부 군정
연장배들의 악질적인 모략을 여지없이 분쇄한 명문이었습니다.

 『영원한 붉은 태양』- 푸른 아침바다에 솟구쳐 오르는 붉은 태양을 바라보면
서 느끼는 환히로움과 싱그로움을 표방하는 블로그의 얘기가 가슴을 적십니다.

 내 안의 불변(불변)으로 만변하는 세계에 대응한다.[應辯萬變]

 『주역』에서 배운 호치민 삶의 원칙입니다. 여기서 불변은 '원칙과 율법'을 의
미합니다. 베트남 혁명의 목표에서 민족독립과 조국통일 그리고 국민들 누구
나 밥을 먹을 수 있고 누구나 입을 수 있고 누구나 교육받을 수 있게 만드는 것

이 여기에 해당됩니다.

　호치민 주석은 경직되지 않은 유연한 사고로 '내 안에 있는 하나의 불변'을 원칙으로 삼되 상황에 따라 '물러나 힘을 기를 때'와 '용감하게 나아갈 때'' 정확하게 판단하여 프랑스와 미국을 몰아내고 조국독립을 쟁취합니다. 호 주석은 평생을 무소유(無所有)로 살면서 고승(高僧) 못지않은 법문을 세상에 남깁니다.

"혁명은 가슴으로 해야 합니다. 사회를 개조하려면 우선 자기 자신을 주의 깊게 개조해야 합니다. 자기의 깊은 속마음을 검열해야 합니다. 자기에 대한 비판을 스스로 비판을 수용해야 합니다.
　우선 자기 자신을 갈고 닦아야　그 다음이 조직의 내부의 교화가 이루어지고 그 다음에 대중을 감화시킬 수 있습니다."

　호 주석은 공산주의 이전에 유교 '만무신불립(萬無信不立), 인민이 믿어주지 않으면 아무것도 세울 수 없다.'라는 가르침을 소중히 생각하였습니다. 우리가 깊이 새겨들어야 합니다. 세계적으로 무언(無言)의 가르침을 남기는 사람은 하늘과 서로 소통하며 무욕(無慾)의 세계에서 살아가는 불사조입니다. 저도 이 길을 뚜벅뚜벅 걸어가겠습니다.
　누군가는 말합니다. 베트남은 한 번도 분단된 적이 없었다고 합니다. 호치민 이름 아래서는 늘 하나였습니다. 유연했으나 단호했으며 평범했으나 탁월한 그는 인민을 권력의 원천으로 삼되 스스로 권력을 누리지 않음으로써 가장 강력한 존재가 되었습니다. 그러므로써 그는 베트남 사람들 가슴에 영원한 '호 아저씨'로 남아 있습니다.

내가 그토록 북한을 방문하고자 하는 것은 그들과 조국의 과거, 현재, 미래를 짚어보고 그들과 통합을 위해서입니다. 하지만 현실의 장벽이 너무나 견고해 70평생을 몇 해 넘기고도 지금까지 이루어지지 않습니다.

오늘 이 글을 쓰면서 이 분의 블로그의 주옥같은 글을 그의 동의도 없이 나와 평소 생각과 같아 인용합니다. 용서하십시오.

주 18) "뭉치면 살고 흩어지면 죽는다."

스탈린의 분당정책에 대한 이승만의 대응전략은 소련의 간계를 꿰뚫고 공산주의를 배격하는 것입니다.

이승만 박사는 해방직후 신탁통치 반대 운동을 할 때 수십 년 만에 미국에서 본국에 첫발을 디디면서 일성으로 외쳤던 그 당시 시대정신을 되새깁니다.

"뭉치면 살고 흩어지면 죽는다."고.

그때의 육성 음성이 지금도 내 뇌리를 울립니다.

대한민국을 부정적으로 보는 일부 사람들은 남한만의 건국이 남북분단을 영구히 고착시켜 지금까지도 이 지구상에 유일하게 남은 분단국가라고 주장합니다. 또 미국의 앞잡이 이승만이 자신의 권력욕에 눈이 가려져 남북분단의 전리

품으로 권력을 잡았다고 줄기차게 주장합니다. 대한민국의 건국을 부정하며 끈질기게 발목을 잡고 있습니다. 지금도 자라나는 새로운 세대들은 그렇게 배우고 자랍니다. 아아, 통재라!!

그러나 그들이 주장하는 이론은 이제 시궁창에서나 찾을 수 있는 쓰레기라는 것이 속속 밝혀지고 있습니다. 동유럽이 붕괴되고 은산철벽 같은 철의 장막이 걷힐 때 그들이 내세우는 주장이 거짓이라고 입증하는 증거들이 쏟아져 나왔습니다. 그 중 소련 공산당이 작성한 기밀문서에서 1945년 9월 20일 스탈린이 내린 지령이 있습니다.

"북한에 친소 위성국가를 수립하라."고.

그때 이 박사는 미국에서 본국에 환국하기 전입니다. 미국과 소련도 38선을 기준으로 남과 북에서 일본군의 무장해제 업무를 분담하기로 한 약속 외에는 아무것도 결정한 것이 없었습니다.

대한민국의 역사를 거슬러 올라가보면 신라가 삼국을 통일한 이후 통일신라시대, 고려시대, 조선시대를 거쳐 해방정국까지 한 번도 분단된 적이 없었다는 겁니다. 그 당시 국민 정서도 우리민족이 나누어진다는 생각은 추호도 할 수 없었습니다. 하지만 느닷없이 소련에서 날아온 스탈린의 전보 한 장이 남북분단을 조직적이고 계획적으로 결정해 버렸습니다. 한반도의 불행의 씨앗을 안겨준 이 전통은 사전에 남한에 진주하고 있는 미국과는 어떠한 상의도 없었습니다. 처음부터 소련은 남·북한 통일 정부를 수립하겠다는 의도는 전혀 없었다는 것을 확인해 준 것입니다. 그러니 훗날 진행되는 미소공동위원회 활동은 위장된 것에 지나지 않는 것입니다.

독재자 스탈린은 준비된 계획에 따라 북한의 공산화에 박차를 가했습니다. 1945년 10월 12일 여전히 이 박사가 환국하기 전에 북한에 주둔한 소련군 25군 사령관은 다음과 같은 명령을 내립니다.

"반일당과 민주주의 단체들은 단체 내 강령과 규약을 지방단체장이나 소련군에 등록해야 한다. 동시에 예하에 있는 지도기관에 인원명부를 제출하라."

실제로 집행한 명령은 명령서보다 훨씬 엄격했다고 합니다. 각 정당은 인원명부를 제출한 것은 물론 신원조사까지 받았다고 합니다. 심지어 조상가계에서부터 8세 이후의 자서전 내사까지 받았다고 합니다. 결과적으로 소련군은 당시 북한에 거주하는 정치지도자급의 인사들의 정치적 성향과 출신성향을 샅샅이 파악했습니다. 이를 바탕으로 북한공산화에 속도를 내기 시작하였습니다.

2차 대전 종전 후 소련군이 진군한 지역에서는 이와 유사한 공통점이 있다고 합니다. 먼저 착취자들이 빼앗은 재산을 인민들에게 돌려준다는 요란한 구호와 함께 토지개혁을 실시합니다. 그리고 기존에 있던 공산당과 여타 정당 사이에 합당으로 노동공산당을 출범시킵니다. 처음부터 공산당정권으로 출범시키지 않고 노동대중정당의 노선을 주장하는 연립정부를 수립합니다. 연립정권을 수립하면 잇달아 의심스러운 사건들이 발생합니다. 연립정권들에 참여한 간부들의 암살, 사고사, 협박 등 숙청을 당합니다. 그리고 의문사가 연이어 일어나고 살아남은 자들은 소련과 친화적이고 공산주의자들만 살아납니다. 이렇게 해서 친소단일정권이 탄생합니다. 이때쯤 되면 정당이름도 공산당으로 바뀝니다. 러시아 혁명 당시 도농연맹을 결성하여 혁명을 쟁취하는 과정을 연상하면 이해가 됩니다.

북한 역시 기독교인 민족지도자 조만식까지 포함한 연립정부를 수립했습니다. 그러다가 국내파 공산주의자 안준혁이 암살 당하고 조만식도 연금 당하게 됩니다. 그 이후 생사가 불투명해 집니다. 최후에는 북로당의 김일성과 박헌영만 남더니 결국 국내파 박헌영은 숙청당하고 맙니다.
최종승자는 소련군 장교 출신인 김일성만 남았습니다. 좌우합작이니 연립정부니 하는 명분은 친소독재정권으로 가는 중간단계에 지나지 않습니다.

이승만 박사는 이렇게 스탈린이 펼치는 교묘한 흉계를 훤히 꿰뚫고 있었던 것입니다. 소련과 공산주의에 대항하려면 우선 대동단결이 필요했습니다. 귀국 기자회견 시 20대 개화파 시절에 사용했던 유명한 구호를 외쳤던 겁니다.

"뭉치면 살고 흩어지면 죽는다." 고.

이 구호로 공산주의와 싸우고 나라를 세우는 근원으로 삼았던 것입니다. 북한에서는 이미 공산주의가 자리 잡아 가고 남한에서는 공산주의자들이 맹활약을 펼치고 있었습니다. 이 박사는 마침내 정면승부를 선언한 것입니다. 그리하여 반쪽이나마 자유민주주의를 지켜내고 세계 10대 경제대국으로 나아가는 기틀을 마련한 것입니다. 그 이후 북진통일을 줄기차게 외친 것입니다.

3) 미국의 독립전쟁과 토마스 페인의 커먼센스[常識]

　미국 독립전쟁 직전 영국의 말단 세무 공무원 출신인 토마스 페인 (Thomas Paine 1737-1809)은 미국으로 건너가 소책자 『커먼센스(Commonsense)』에서 영국의 군주정치와 귀족정치를 통렬히 비판하고 다음과 같이 주장하였다.(주 19) (주 20)

　"식민지인 미국은 영국으로부터 이탈하여 독립된 공화체제의 새 나라를 건설해야 한다. 그는 또 영국이 식민지 미국을 보호해 왔다는 것은 사실이 아니다. 대륙인 미국이 바다 건너 떨어져있는 섬나라에 종속되어있는 그 자체가 부자연스런 일이다."고 강변하면서 "독립전쟁을 하여 얻을 것은 독립과 자유와 번영이며 잃을 것은 아무것도 없다."라고 역설했다.

　이 책은 몇 달 만에 10만 부 이상이 팔리면서 식민지인들에게 독립전쟁의 당위성을 주장하는 여론으로 확산되었다. 영국에서 신대륙으로 건너온 이주민들은 영국 지배하의 정치적 압박과 과중한 조세와 파병요청 등으로 누적된 대영감정이 분출했던 것이다.

　이때 독립을 갈망하는 식민지인들의 의식화가 시대정신으로 성숙되었으며 거기에 불을 당기게 한 것이 토마스 페인의 『커먼센스』였다. 그로 인해 6년간의 독립전쟁 끝에 미국은 승리했다. 그 이후 독립과 자유와 번영을 누리며 새 역사의 지평을 열어 오늘날 세계사를 주도하는 초강대국이 된 것이다.

주 19) 토마스 페인

 여러 직업을 가졌으나 번번이 실패하고 세무국 관리가 되었습니다. 그러던 중 정치적인 문제를 다룬 소책자 『상식 Common Sense』, 『위기 Crisis』를 통해 미국 독립전쟁에 중요한 영향을 끼쳤습니다. 역사상 위대한 정치선동가로서 명성을 얻게 된 그는 저서로 프랑스 혁명과 공화주의 원칙을 옹호한 『인간의 권리 Rights of Man』와 사회 속에서 종교의 위상을 해설한 『이성의 시대 The Age of Reason』등이 있습니다. 페인이 죽자 "그는 약간의 선행과 많은 해악을 끼치면서 오래 살았다."라는 상반된 평가가 내려 졌으나 후에 견해가 바뀌어 1937년 1월 30일자 런던의 『타임즈 The Times』는 그를 가리켜 '영국의 볼테르'라고 평했다고 합니다. 1952년 5월 18일 뉴욕대학교 영예의 전당에 그의 흉상이 있다고 합니다.

주 20) 『커먼센스(Commonsense)』

 "페인의 펜이 없었다면 워싱턴의 칼은 쓸모없었을 것"

 "펜은 칼보다 강하다(The pen is mightier than the sword)"라는 경구에 토머스 페인(1737~1809)만큼 어울리는 역사적 인물은 흔치 않다는 평가를 받았습니다. 페인은 문(文)이 무(武)보다 강할 뿐만 아니라"칼의 힘은 펜에서 나온다."는 사실을 증명한 역사적 인물입니다. 그는 미국 '건국의 아버지들(Founding Fathers)'중 한 명에 들기도 합니다. 페인이 『상식(Common

Sense)』을 저술하지 않았다면 미국은 지금도 영국의 일부이거나 훨씬 나중에 독립했을지도 모릅니다. 미국 초대 부통령이자 2대 대통령인 존 애덤스(1735~1826년)는 "페인의 펜이 없었더라면 조지 워싱턴의 칼은 쓸모없었을 것."이라고 말하기도 했습니다.

페인은 『상식』에서 군주제를 비판하고 공화제만이 미국이 갈 길이라고 주장했습니다. 『상식』을 읽은 미국인들은 독립에 대한 모든 의구심이나 두려움을 떨쳐버릴 수 있었습니다. 섬나라 영국이 대륙인 미국을 지배하는 것은 말도 안 된다는 것, 미국은 영국인의 나라가 아니라 유럽 전체에서 온 이민자들의 나라라는 것, 영국에 복속된 상태에서는 유럽의 전쟁에 휘말리게 되며 미국이 뛰어난 역량을 발휘할 수 있는 국제무역에 전념할 수 없다는 것, 영국 수준의 해군력을 구비하는 것은 알고 보면 쉽다는 것, 영국이 미국을 통치하기에는 거리가 너무 멀다는 것, 영국은 미국의 독립을 결국 인정할 수밖에 없다는 것 등 『상식』은 미국 독립의 불가피성과 독립으로 미국이 누릴 수 있는 이익에 대해 구구절절 미국인의 가슴에 와 닿는 말로 가득 찼다고 합니다.

1776년 7월 4일의 「독립선언문」은 『상식』에서 페인이 주장한 내용을 대부분 수용했습니다. 『상식』은 미국 독립을 촉발시켰을 뿐만 아니라 세계 민주주의의 주요 문헌이 됐다고 합니다.(『다음 백과사전』에서 발췌했음.)

4) 일본 근대화의 선구자 후쿠자와 유키치의 탈아입구론

일본 명치유신시대 때 후쿠자와 유키치(福澤諭吉 1835-1901)는 일본 근대화의 정신적지도자이며 선구자였다. 그는 먼저 교육[經應大 設立]과 언론[時事新報 發刊]을 통해 국민을 계도하였다. 그리고 그 스스로 미국과 유럽을 돌아보고 견문을 넓히고 선진문물과 사회제도를 도입하는데 혼신의 힘을 쏟았다.

또 그는 일본이 구미열강들과 같은 반열에서 세계사를 주도하기 위해서는 향후 일본이 나아갈 길을 제시하였다. 그 길은 바로 '일본은 아세아의 울타리를 넘어 유럽으로 지향해야 한다.'는 「탈아입구론(脫亞入歐論)」이었다. 아시아를 벗어나 서구를 지향해야 한다는 이 주장은 그 당시 일본을 정확히 통찰한 선견지명이 있는 시대정신이었다. 우리의 이승만 박사와 같이 '뭉치면 살고 흩어지면 죽는다.'와 같은 맥락의 시대정신을 표방하고 온몸으로 실천하였다.

처음엔 시행착오도 겪었다. 세계를 주도하고 있던 경험론을 바탕으로 한 대영제국의 섬 문화에서 배격받았다. 하지만 이에 굴하지 않고 대륙문화인 독일의 관념론을 차선책으로 받아들여 그를 꽃 피웠다. 그 이후 일본의 근대화의 선봉에 서서 오늘과 같은 세계에서 1등 국민을 향한 대장정의 초석을 다졌다. 그 공덕으로 일본 근대화의 아버지가 되어 일본인들의 시대적 스승으로서 오늘날까지 존경을 받고 있다.(주 21)

주 21) 탈아입구론(脫亞入口論)

'아시아를 벗어나 서구 유럽에 진입한다.'

일본 근대화의 정신적지도자이며 선구자인 후쿠자와 유키치(福潭諭吉)가 주장한 이론입니다. 이 이론을 근거로 '자기들은 아시아인이 아니다.', '우리 일본인은 명예 백인 아리아인이다.'

이 사상은 자기 민족을 아전인수 격으로 격상시키기 위해 시도했던 '백인이 세계에서 가장 우수한 민족이다.', '아리아인 제일주의자.'라고 주창한 아돌프 히틀러에 그 뿌리를 두고 있습니다.

히틀러는 일본인에게 명예 아리아인이라는 호칭을 내려줍니다. 당시 히틀러는 자신의 야심을 충족시키기 위해 차근차근 준비를 했습니다. 미국, 영국, 프랑스 연합군과 한판 승부를 준비하던 중 동맹군인 일본을 빼고는 뾰족한 수가 없었습니다. 그래서 백인 우월주의 이론을 희석시키지 않기 위해 궁여지책으로 일본인들을 명예 백인 아리아인이라는 호칭을 준 것입니다. 이를 잘 받아드린 일본의 대사상가이자 교육자, 개혁주의자인 후쿠자와 유키치에 의해 무쓰히토[睦仁] 일왕시대에 메이지유신[明治維新]을 주창하였습니다.

이를 통해 나라 전체를 서구식으로 개혁하고 산업화, 근대화의 국가 대개조개혁을 이루어 냅니다. 이후 아시아에서는 독보적으로 세계열강의 지위에 오르게 됩니다. 동양은 후진적이니까 이들과 관계를 끊고 이제 우리는 서양문명을 따라서 근대문명인이 되자는 망상논리 및 사상입니다.

'자기들은 아시아인이 아니다.', '전근대적인 한국과 중국과는 다른 민족이다.' 이렇게 규정하고 서구 유럽에 끼어 서구문물을 무비판적이고 맹목적으로 받아드립니다. 그러나 후에 동양인들은 백인들의 약육강식의 적자생존 이론에 대응하여 단합해서 막아야 합니다. 동아시아와 동남아시아 국가들은 일본을 중심으로 서양 열강식민 지배를 몰아내 평화와 번영을 누리자는 대동아공영권(大東亞共榮卷)을 부르짖는 자기모순의 이율배반에 빠집니다.

이렇게 국력신장과 함께 자만과 오만에 빠져 막부[德川家康] 후기 시절부터 태동한 정한론(征韓論)을 발전시킵니다.

구시대의 낙후된 제도와 사상을 개혁하고 개조한 그는 주변국가에는 막대한 피해를 안겨 주었습니다. 하지만 자국의 이익을 위해서는 그 당시의 진취적인 시대정신을 구현하여 세계열강의 대열에 당당히 합류하여 오늘의 일본을 만드는 정신적 지주가 되었습니다.

5) 이스라엘의 시오니즘의 제창자 헤르슬

이스라엘 민족의 시오니즘(Zionism)의 제창자 헤르슬(Theodor Herzl 1860-1904)를 보자.(주 22) (주 23)

'유태인들이 가진 힘이란 그들이 경험한 비참함 그 자체'라고 주장하며 유태인들의 의지를 결집하기위해 전 유럽을 누비며 혼신의 힘을 경주했다.

"우리의 첫 과제는 지구상에 유태인의 욕구를 충족시킬 영토를 확보하여 독립국가를 세우고 주권을 획득하는 것이다." 라고 그는 역설했다.

그가 사망하자 그의 주장은 바이츠만(Weizmann Chain Azriel 1874-1952)과 벤구리온(Ben Gurion David1886-1973)으로 계승되었다. 마침내 1948년 5월 14일 오후 4시 팔레스타인 지역에 이스라엘 건국을 선포하였다. 이로써 2000년 유태민족의 유리방황을 청산하고 민족적인 숙원을 해결한 것도 시대정신인 시오니즘에서 유래된 것이다.(주 24) (주 25)

주 22) 시오니즘(Zionism)

서기 전 이래로 조국을 잃게 된 유대민족은 이스라엘의 옛 국가를 건설하는 것을 소원해 왔습니다. 19세기 말부터 이스라엘 회복운동인 시오니즘을 활발히 펼쳐온 유대인은 세계 1차 대전 중 영국 외상 벨 포어의 유대인의 전쟁협력을 구하기 위해 발표한「벨 포어 선언」에 희망을 가지고 더욱 활발하게 건국운동을 전개하였습니다.

복잡다단한 사회적 요인으로 인해 유럽에서 반 유대주의가 확산되자 유대인들 입장에서 자기들이 살아남을 방도를 어떻게든 찾아야 했습니다. 그래서 이들은 '선택받은 민족은 오직 유대인뿐[선민주의]'이라는 원칙 아래 조상 대대로 살았던 땅에 유대인 나라를 세우는 걸 지상의 목표로 삼게 되었습니다. 즉 정치적 시오니즘이 본격화 되었습니다. 종교적 시오니즘은 오래 전부터 시작되었습니다. 이스라엘(Israel)을 건국하는 게 신의 뜻으로 믿고 이를 실행에 옮기려 했으며 세속적 민주주의를 위해 선택된 땅으로 이주하기 시작했습니다.

하지만 이 땅은 이미 다른 신을 믿는 아랍인이 팔레스타인(Palestine)이라는 이름을 짓고 살고 있던 땅입니다. 다만 이 땅을 세계 1차 대전 이후 연합군에 패망한 오스만 제국(Ottoman Empire)에 이어 엉뚱하게도 아랍이 아닌 영국이 통치하고 있었다는 게 문제였습니다. 우리는 제국주의 서구열강의 전 세계적 식민지 정책을 잘 알고 있습니다. 이곳도 역시 영국이 전쟁 전리품으로 챙긴 지역입니다. 바로 이러한 이유 때문에 팔레스타인과 이스라엘의 참담한 현대역사가 직접적으로 잉태 되었고 지금도 현재진행형으로 이어가고 있습니다.

즉 1896년 헤르슬에 의해 개최된 제1회 국제 시오니스트대회가 열렸습니다. 이 시오니즘은 유대인의 국가 건설운동입니다. 유대인의 옛 고향인 '시온 언덕으로 돌아가자.'는 운동입니다.

주 23) 헤르슬(Theodor Herzl 1860-1904)

유대계 오스트리아 사람. 기자 겸 작가. 처음에는 시오니즘을 반대했으나 알프레드 드레퓌스 사건 이후 시오니즘을 옹호하게 되었습니다. 당시 반유대주의적 사회분위기 속에서 어려움을 겪던 그는 그 후 프랑스에서 신문기자 생활을 하면서 사회를 보는 눈을 떴습니다. 혁명의 본 고장 프랑스에서도 반유대주의 분위기가 팽배한 것을 보고 더욱 충격을 받았습니다. 그는 원래 유대인이 현지인들과 동화해 살아가야 한다는 생각을 갖고 있었습니다. 그러나 알프레드 드레퓌스 사건을 겪고 나서 시온주의자가 되었습니다.
그는 반셈족주의를 극복하는 길은 현지인과의 동화가 아니라 유대인들이 조직적으로 대응하려고 노력하는 것이라는 것을 확신하였습니다.

드레퓌스 사건이란 프랑스 군사문서가 독일 정보원에게 넘겨진 사실이 밝혀졌을 때 알프레드 드레퓌스라고 하는 유대인 장교가 누명을 쓰게 된 사건이었습니다. 이 사건이 정치 논쟁으로 번지고 프랑스 대중 사이에 반셈족주의가 드높아졌습니다. 훗날 헤르슬은 회상하기를, '자신은 드레퓌스 사건 때문에 시온주의자가 되었다.'고 했습니다. 그는 반셈족주의가 존재하는 한 동화란 불가능하며, 유일한 해결책은 국가를 세워 조직적으로 그곳에 이민하는 것이라고 판

단했습니다.

1896년 2월에 『유대국가(Jewish state) - 1896년』라는 소책자를 펴내 '유대인 문제는 세계가 해결해야 할 정치적인 문제'라고 제창하였습니다. 그는 세계 시온주의자대회를 조직해 1897년 스위스 바젤에서 모임을 가졌으며 그 대회에서 설립된 '세계시온주의조직'의 초대 의장이 되었습니다. 그는 이스라엘이 건국되기 40년 전에 죽었으나 시온주의를 세계적으로 중요한 정치운동으로 부각시키는데 큰 공로를 세운 정력적인 조직가이자 선전가, 외교가였습니다.

매년 그를 기리기 위해 헤르슬이 묻힌 헤르슬언덕 광장에서 이스라엘 독립기념일 행사가 열립니다.

주 24) 바이츠만(Weizmann Chain Azriel 1874-1952)

러시아 모틀에서 태어난 교육자, 정치가, 과학자로서 수십 년간 세계 시온주의자들을 배후에서 조종한 사람입니다. 1948년 9월 임시국가 평의회 의장, 그 이듬해 이스라엘의 대통령까지 역임했습니다.

1904년 제1차 대전 중 옥수수에서 아세톤을 추출하는 과정을 고안해 내 영국의 군수산업에 크게 기여했습니다. 아세톤은 코르다이트 폭약의 가장 핵심적인 성분으로 영국은 이 용제가 절대적으로 필요한 시기였습니다. 그 영향으로 영국 정부가 추진하고 있던 시온주의 정책협상에 크게 기여했습니다.

1935년 선거에 의해 '반 조각의 빵이라도 전혀 없는 것보다 훨씬 낫다.'는 생각으로 다시 집권하였지만 극단적인 시온주의자에게 온건적이고 친 영국적이라고 배척을 당했습니다.

 우간다 논쟁이 한창일 때 현대 시온주의 창설자 헤르슬에 반대하는 젊은 시온주의자의 지도자로 명성을 날렸습니다. 우간다 논쟁이란 아프리카 유대인의 농경정착지로 아프리카 우간다를 마련해 주겠다는 영국의 제의에 대한 논쟁으로 이 운동의 배후에서 그 역할을 수행해 왔습니다. 또 그는 영국의 「벨 포어 선언(1917년 11월)」을 이끌어 내는 데도 핵심적인 역할을 담당했습니다. 이 선언은 팔레스타인에서 유대 민족국가를 설립하는데 지지하는 것이었습니다.

 많은 반대파에게 배척당하고 실의에도 빠진 적이 있지만 이 시련을 꿋꿋이 이겨냈습니다. 그 결과 그의 묘소는 평범하고 수수하지만 매년 수십만 명의 방문객이 찾아와 그의 업적을 기리고 있습니다.

주 25) 벤구리온(Ben Gurion David1886-1973)

 이스라엘 초대 총리. 러시아의 일부였던 폴란드 프윈스크에서 태어났습니다. 시온주의자이자 변호사인 아버지의 영향으로 일찍부터 시온니즘과 사회주의를 긍정적으로 지지했습니다.

 20세 즈음 동유럽에서 일어난 포그롬, 즉 반유대주의 대박해, 폭동에 정신적

충격을 받고 아버지와 함께 팔레스타인으로 이주하였습니다. 이주 후 농부로 일하다가 기자가 되었습니다. 포그롬이란 19세기 말과 20세기 초 러시아에서 일어난 유대인의 대박해, 반유대주의 폭동을 가리킵니다. 종교적 박해, 핍박을 의미하는 러시아어 포그롬에서 유래되었으나 그 뒤 같은 시기에 유럽 곳곳에서 발생한 반유대주의까지 확장되었습니다.

이스라엘이 독립을 선언했을 때 "이스라엘이 모든 시민을 위한 사회적, 정치적 평등을 보장할 것."이라고 강조하였습니다. 또 1948년 투표로 이스라엘 독립을 선언하는 안을 통과 시켰습니다. 제1차 중동전쟁 당시 이스라엘를 이끌었으며 이집트와 첫 휴전을 한 후 이스라엘 첫 총리가 됐었습니다.

예멘에 있던 4만 5천 명의 유대인들을 비행기로 이스라엘에 이송한 마술융단 작전을 비밀로 수행한 일로 잘 알려졌습니다. 그 후 다시 국방장관과 총리가 되고 이스라엘 노동당의 시초가 되었습니다. 평소 카리스마적 성격과 투쟁정신으로 대중의 존경을 받았으며 관직에서 물러난 뒤 국회에서 은퇴한 후 '이스라엘 건국의 아버지'로 국민적 추앙을 받았습니다.

그의 이름을 딴 텔아비브의 벤구리온 국제공항은 이스라엘에서 가장 큰 공항이자 이스라엘 관문 역할을 하고 있습니다.

6) 13억 중국민의 식량문제를 해결한 등소평의 「흑묘백묘론과 실사구시론」

　　13억 인구와 광활한 영토를 소유하고 있는 중국은 1949년 중화인민공화국을 수립하였다. 그 이후 1967년부터 10년 동안 문화혁명과정을 거치면서 정치적 혼란과 경제적 침체로 국가가 위기국면에 봉착되었다. 그 때 등소평이 나와 진두지휘하며 주도한 과감한 개혁 개방 정책으로 위기상황을 탈피하고 일취월장 성장하였다. 그래서 오늘날 세계적인 강대국으로 부상할 수 있도록 토대를 마련한 것도 소위 흑묘백묘론(黑猫白猫論)과 실사구시론(實事求是論)으로 자본주의 체제를 도입한 것도 시대정신의 반영이라 할 것이다.(주 26) (주 27)

주 26) 흑묘백묘론(黑猫白猫論)

실용주의를 표방하며 중국을 비약적으로 발전시킨 등소평의 가장 유명한 말입니다. 검은 고양이든 흰 고양이든 쥐 잘 잡는 고양이가 좋은 고양이라는 말입니다. 이 말은 일본을 산업시찰하고 1979년 미국을 방문하고 터트린 등소평의 제일성입니다. 자본주의든 공산주의든 상관없이 중국인민을 잘 살게 하는 그것이 제일이고 최고라는 것입니다. 부유해질 수 있는 사람부터 부유해지라. 그리고 부자에게 배우라는 선부론(先富論)은 그 당시 중국의 경제를 부강하게 할 수 있는 가장 적절한 시대 통찰적 말이고 시대정신이었습니다. 그리하여 먼저 일부 조건이 좋은 지역이 먼저 발전하게 하라. 그리고 먼저 발전하는 지역이 낙후된 지역을 이끌고 가면 된다고 했습니다.

등소평이 강조한 흑묘백묘론은 중국경제를 환골탈태(換骨奪胎) 시켰습니다.

주 27) 실사구시론(實事求是論)

실제 사실을 근거로 진리를 구하라.

'마땅히 학자는 남의 것으로 자신을 가리지 말고 내 것으로 남을 가리지 말라.' 객관적인 태도로 사실을 대하고 이론보다는 실생활을 유익하게 하라는 가르침은 실학사상의 밑받침이 되었습니다.

9. 천운도래(天運到來)와 한반도의 자각

1) 세계 최초로 최단기간에 경제근대화 국가로의 자부심과 자긍심 소유

지금 한반도는 천운이 도래하고 있다. 이 작은 나라가 온갖 고난과 어려움을 극복하고 선진국들의 비웃음과 조롱도 아랑곳하지 않고 세계최초로 최단기간에 경제근대화를 이루었다. 세계 10위권 경제대국으로 우뚝 선 것에 대한 자부심과 자긍심도 가지고 있다. 이제는 이 기반 위에 스포츠 강국, 인터넷 강국 또 우리 젊은이들의 특출한 예술성 발휘와 한류바람을 몰고 오는 것 등등 여러 가지 징조들이 나타나고 있다. 이것이 천운이 도래하지 않고서야 가능한 일들인가?

2) 인도의 영감시인 타골의 「동방의 등불」의 현실화

1913년(24세)동양인 최초로 노벨문학상을 수상한 인도의 시성(詩聖) 타골(1861~1941)은 한국을 한 번도 방문한 적이 없었다.

그럼에도 불구하고 일본 군국주의자들의 침탈(侵奪)로 국권을 상실하여 식민지 지배하에 있는 이 나라의 장래를 영감에 찬 시(詩) 한 수로 대한민국의 앞날을 예언하였다

동방의 등불 COREA

일찍이 아시아의 황금시기에
빛나던 등불의 하나인 코리아
그 등불 다시 한번 켜지는 날에
너는 동방의 밝은 빛이 되리라.

마음에 두려움이 없고
머리는 높이 쳐들린 곳

지식은 자유롭고
좁다란 담벽으로 세계가 조각조각 갈라지지 않은 곳
진실의 깊은 속에서 말씀이 솟아나는 곳
끊임없는 노력이 완성을 향해 팔을 벌리는 곳
지성의 맑은 흐름이 굳어진 습관의 모래벌판에 길 잃지 않은 곳
무한히 퍼져 나가는 생각과 행동으로 우리들의 마음이 인도되는 곳

그러한 자유의 천당(천국)으로
나의 마음의 조국 코리아여 깨어나소서.

타골의 동방의 등불 COREA 일명 육사일탁(六思一託)이 비장(祕藏)되
어 있는 영감시(靈感詩)였다. 이를 보다 구체적으로 통찰해 보면 다음
과 같다

(1) 대한민국 사명(大韓民國 使命)

일찍이 아시아의 황금시기에
빛나던 등불의 하나인 코리아
그 등불 다시 한번 켜지는 날에
너는 동방의 밝은 빛이 되리라

(2) 경천애인사상(敬天愛人思想)

마음에 두려움이 없고
머리는 높이 쳐들린 곳

(3) 제세이화사상(濟世理化思想)

지식은 자유롭고
좁다란 담벽으로 세계가 조각조각 갈라지지 않은 곳

(4) 홍익인간사상(弘益人間思想)

진실의 깊은 속에서 말씀이 솟아나는 곳

(5) 고진감래사상(苦盡甘來思想)

끊임없는 노력이 완성을 향해 팔을 벌리는 곳

(6) 인류개벽사상(人類開闢思想)

지성의 맑은 흐름이 굳어진 습관의 모래벌판에 길 잃지 않은 곳

(7) 선도국가사상(先導國家思想)

무한히 퍼져 나가는 생각과 행동으로 우리들의 마음이 인도되는 곳

(8) 부탁과 호소(付託과 呼訴)

그러한 자유의 천당(천국)으로
나의 마음의 조국 코리아여 깨어나소서.

10. 한반도의 사명과 책임

1) 우리나라는 인류문명의 시원국가(始元國家)이다.(주 28)

   우리나라는 천손민족(天孫民族)이며 인류문명(人類文明)의 시원국가(始元國家)이다. 그에 대한 이유와 특징은 다음과 같은 근거에서 살펴볼 수가 있다.

   첫째, 하늘은 한반도의 백두산 천지(天池)를 통해서 입증(立證)해 주고 있다.

   백두산 천지수(天池水)는 우주창조를 상징하는 증거수(證據水)이다. 천지를 창조한 조물주는 수화(水火) 즉 물과 불의 양대 근원(兩大根源)을 자질(資質)로 하여 우주를 창조하셨다. 『성경』 창세기 1장1절에 하나님이 천지를 창조하신 후에 수면(水面)위에 운행하셨다는 말씀도 여기에 근거를 두고 있다. 따라서 불의 주관자가 태양[日]이고 물의 주관자가 달[月]인 것이다.

   때문에 한반도의 백두산 천지수(天池水)는 물로 창조하신 하나님의 우주창조의 상징성을 보여주신 유일한 증표(證票)인 것이다. 지구성(地球星) 어느 곳에 약 3,000m 산상에서 용천수(湧泉水)가 솟아나와 압록

강 두만강 송화강의 시원지(始源池)가 되는 곳이 있단 말인가?

둘째는 극동은 에덴동산으로 동산문명(東山文明)의 발상지(發祥地)이다.

우리나라를 극동지역(極東地域)이라 명명한 것을 두고 봐도 알 수 있다. 동쪽은 태양이 솟아오르는 시발(始發)의 방향이다. 그 중에서도 극동이라 한 것은 우리 한반도가 지구의 시원국(始元國)임을 입증하고 있는 것이다.

셋째는 삼환후손(三桓後孫)의 천손민족(天孫民族) 국가이다.

우리나라는 선천국조인 환인(先天國祖 桓因)과 중천국조인 환웅(中天國祖 桓雄) 후천국조(後天國祖)인 환검(後天國祖桓儉)의 후손으로서 이를 삼환 후손국가(三桓 後孫國家)이며 천손민족(天孫民族) 국가이다.

왜 환손(桓孫) 민족인가? 그것은 단군성조(檀君聖祖)의 원 · 방 · 각(圓 · 方 · 角)에서 연유하고 있다. 이 문제에 관한한 보다 구체적인 내용은 나의 저술(『득도를 위한 인생여로』)에서 자세히 밝히고 있으니 참조해 주기 바라고 여기서는 이만 줄이고자 한다.

넷째 세계 유일의 개천절 숭배국(開天節 崇拜國)이다.

세계에서 개천절(開天節)을 숭배하고 있는 나라는 오직 대한민국이 유일하다. 우리나라는 반만년 역사 이래로 개천절을 숭배하는 나라로서 세계 그 어느 곳 에서도 볼 수 없는 유일한 전통국가이다.

우리는 왜 개천절을 숭상하고 있을까? 그것은 하나님이 하늘 문을 여시고 선천국조이신 환인천황(桓因天皇)을 강림시켜서 나라를 여신 시원국가(始元國家)이기 때문이다. 그날을 기리기 위한 개천절을 성실하게 숭배하는 것이다. 그 어떤 것으로 더 설명할 필요가 없다.

다섯째 우주창조의 원형인 태극사상을 태극기로 모시고 있는 나라이다.

하나님은 우주를 창조하실 때 무극(無極)상태에서 비로소 음양(陰陽)으로 창조하시기 직전에 태극(太極)상태로 도책(圖策)하신 것이다. 따라서 우주창조의 태극상태를 국기(國旗)인 태극기(太極旗)로 시봉(侍奉)하고 있는 세계 유일한 국가이다.

여섯째 우리나라는 인간의 인격척도(人格尺度)의 목표로 홍익인간화(弘益人間化)를 추구하는 인간교육의 교육국가였다.

우주는 천·지·인(天·地·人)으로 구조화되었다. 즉 위로는 하늘을 모시고 아래로는 땅을 밟고 살면서 하늘과 땅이 천지의 부모로서 때어났다. 때문에 천지 부모를 닮은 인격자로 홍익인간을 인격완성의 지표(指

標)로 삼고 교육한 나라이다.

일곱째 경천애인(敬天愛人)의 통치국가였다.

우리나라는 위로는 하늘을 숭상하며 존경하고 또 만물의 영장인 사
람을 사랑하는 것을 통치의 대도(大道)로 여겨왔던 전통국가였다. 그런
관계로 일찍이 『천부경』을 비롯한 『삼일신고(三一神誥)』와 『참전계경(參
佺戒經)』을 바탕으로 백성을 통치해온 전통문화 국가였다.

주 28) 시원국(始元國)

동서인류의 뿌리는 왜 '환국'일까

 고대의 근동近東(지금의 중동지역)인 오리엔트의 어원'Oriens'는 '해가 뜨는 방향' 이라는 뜻이며 'Asia'도 '해가 뜬다'는 뜻입니다. 이는 모두 인류문명의 태동을 암시합니다. 자연의 태양이 동쪽에서 떠서 서쪽으로 지듯 역사의 태양과 문명의 태양도 동방에서 떠오릅니다. 약 1만 년 전, 가장 최근의 소개벽이 일어난 이후 지구상에 새로운 문명이 열려서 시원문명의 뿌리국가가 생겼으니 그것이 바로 환국(桓國)입니다. 현 문명의 창세 역사는 환국에서 비롯되었습니다.

 환국의 환(桓)은 '하늘의 광명'을 뜻합니다. 태고 시절의 인류에게 있어 절대적인 힘의 상징은 태양의 광명이었습니다. 그들은 광명 속에서 무궁한 생명의 신비를 느꼈고, 그 속에 우주의 신성이 깃들어 있다고 여겼습니다. 사람들은 이 광명을 숭배하고 그 주인이 되어 저마다 자신을 '밝음' 이라는 뜻인 '환'으로 불렀습니다. 당시는 대자연의 순수정신의 경계에서 삼신의 광명의 도를 체험하고 살았던 화이트 샤먼들의 조화의 태고문명시대였습니다.

드러나는 환국의 실체

 환국은 중앙아시아의 파미르 고원에 있는 천산(天山)에서 발원하여 천해(바이칼호)의 동쪽으로 뻗어나가 그 영토가 동서 2만 리, 남북 5만 리에 달했습니다. 지금의 중앙아시아, 중국 등에 걸치는 광활한 영토였습니다. 환국의 백성들은 천산에서 천해에 이르는 넓은 땅에 흩어져 살면서 문명을 개척하였습니다. 그들은 점차 분파하여 아홉 족속이 이루는 열두 개의 나라로 나뉘어졌는데, 이 12분국 을 총칭하여 환국이라 했습니다. 그러면 환국의 통치자는 누구이며 무엇이라 불렀을까? 환국의 백성들은 신의 권한을 대행하여 자신들에게 교화를 베풀고 배고픔과 추위, 전쟁을 없애주면서 12분국을 총괄하여 다스리는 그들의 통치자를 '인(仁)'이라 불렀습니다. 이 환국의 초기에 천산에 거주하며 득도(得道)한 인물이 있었습니다. 백성들은 그를 지도자로 추대하였는데 바로 '만인의 아버지'라는 뜻인 안파견(安巴堅) 환인(桓仁)입니다. 오가(五加) 부족장과 민중으로부터 추대 받아 제위에 오른 시조 환인은 '통치자와 제사장'을 겸하였으며 천지 광명의 신성을 대각하여 광명정신으로 민중을 다스렸습니다.

환국은 장수문화의 황금시대

환국은 초대 안파견 환인으로부터 지위리(智爲利)환인에 이르기까지 일곱 분의 대통을 계승하면서 총 3,301년 동안 존속하였습니다. 환인 한 분의 평균 재위 기간이 무려 470년이나 됩니다. 이에 대해 일부 학자들은 일곱 명의 통치자가 아니라 일곱 개의 왕조가 있었던 것으로 추정하기도 하지만 이것은 삼신조화의 도가 뿌리내렸던 태고의 원형문화 시절 인류가 누렸던 최초의 선(仙)의 장수문명을 증명하는 역사의 기록으로 봐야 합니다. 역사 속에 모순과 악이 들어오기 이전, 인류는 자연과 조화를 이루고 살면서 지순한 선의 대동 세계에서 무병장수를 누렸던 것입니다.

동서양의 모든 종교와 신화에서 태고 적에 '장수문화의 황금시대'가 있었다고 말합니다. 그러나 그것은 신화가 아니라 실제 역사입니다. 인류최초의 황금시대를 연 환국은 실재했었습니다. 장자(莊子)는 환국의 제 2세 혁서환인 제왕 시대를 언급하면서 이렇게 노래하고 있습니다.

"상고(上古)의 혁서제왕 시대에 백성들은 편안하기만 해서 집에 있어도 무엇을 해야 좋을지 그 할 바를 알지 못했습니다. 먹을 것을 입에 물고 즐기며 배불리 먹고는 배를 두드려 가며, 백성들은 그저 이와 같이 근심 걱정이 없는 평화로운 생활을 했을 뿐입니다."

이처럼 인류문명의 첫 발을 내딛고 자연과 조화되어 살던 태고의 시원역사가 있었기에 우리 조상들은 '오환건국(吾桓建國)이 최고(最古)' (「삼성기」상), 즉 "우리 환족의 나라 세움이 가장 오래되었노라!" 고 당당히 선언 할 수 있었던 것입니다. 환국은 전 인류의 뿌리국가이면서 우리 한민족의 뿌리나라입니다. 한(韓)의 뿌리가 바로 하늘의 광명, 환이다! 이것은 우리 한민족의 뿌리역사를 밝히는 위대한 주체적 선언입니다. (『상생문화』참조)

2) 단군조선의 건국이념

　또한 단군조선은 경천애인(敬天愛人), 제세이화(濟世理化), 홍익인간(弘益人間)을 건국이념으로 정립하였다. 그 다음 전통적으로 『천부경(天符經)』을 숭상하면서 『삼일신고(三一神誥)』, 『참전계경(參佺戒經)』의 바탕 위에서 백성을 통치하였던 것이다.

　때문에 대한민국은 태평양시대에 성대국가(聖代國家)의 자질을 구비한 세계 인류의 평화이상을 실천할 수 있는 국가로서의 전통성을 확보하고 있는 것이다.

3) 우리나라 역사과정의 교훈

　(1) 경천애인 통치사(敬天愛人 統治史)이다.
　(2) 홍익인간 교육사(弘益人間 敎育史)이다.
　(3) 전통문화 창달사(傳統文化 暢達史)이다.
　(4) 수난고통 점철사(受難苦痛 點綴史)이다.
　(5) 평화애호 불침사(平和愛護 不侵史)이다.

4) 한국은 태평양시대의 세계 신평화연합의 사명국가이다

21세기가 한반도를 중심한 한민족시대라고 전망할 수 있다. 우리 민족에게는 이 시대를 주도할 수 있는 책임과 사명이 수반된다는 사실을 명심해야 할 것이다.

사전에 의하면 사명(使命)이란 '자기에게 부하(負荷)된 명령을 수행한다.'는 뜻이고 책임(責任)이란 '맡아서 해야 할 임무'라고 정의했다 그런데 책(責) 자를 파자(破字)해 보면 주인 주(主) 자와 재물 패(貝) 자의 합성어로, '주인이 자기재물을 관리하듯이 맡아서 수행하는 임무'라는 뜻으로 정명(正名)해 볼 수 있다.

그런 차원에서 볼 때 책임은 주인의식을 요구하는 임무라고 정리해 볼 수 있는 것이다.

5) 태평양시대의 가치기준은 '태평성대 의기양양'이다

태평양시대의 가치기준이 '태평성대 의기양양'이라고 정립한다면 이 시대의 가치기준에 합당한 성대국가(聖代國家)가 있어야 한다고 생각한다.

그리고 성대국가가 성립되기 위해서는 첫째 성인(聖人)이 있어야 하고 둘째는 성민(聖民)이 있어야 하며 셋째는 성군(聖君)이 계신 바탕 위에 성국(聖國)이 존재할 수 있는 것이다.

6) 우리나라는 평화애호의 전통국가이다

우리나라는 반만년의 역사 위에 전통문화 민족국가로서 평화를 애호하고 숭상해온 백의민족이었다. 개국 이래로 900여 회가 넘는 외침을 감수하면서 수난사로 점철(點綴)된 역사 가운데도 우리민족은 한 번도 외국을 침략하지 않았다. 그런 민족국가이기에 해동성국(海東聖國)이라는 칭호를 받은 전통을 가지고 있는 것이다.

7) 한반도 주변 4대 강국은 패권주의 국가이다

현재 한반도 주변 미 · 일 · 중 · 로(美 · 日 · 中 · 露)의 4대 강국은 전세계 인류를 파멸하고도 남는 가공할 핵무기보유국으로서 군비 강대국이며 동시에 패권주의 국가들이다.

8) 21세기는 패권주의가 아닌 보익주의시대이다

이제 세계인류는 패권주의를 지양(止揚)한다. 그 이후 새로운 평화주의인 홍익인간에 바탕을 둔 보익주의(補益主義)를 학수고대하며 동경(憧憬)하고 있는 것이다. 이 시대는 '세계신평화연합' 시대로서 태평성대 의기양양의 새로운 가치관을 실천하여 일류사회의 새로운 시대적 과제를 해결하기를 요구하는 시대인 것이다.

9) 만안속식(晩晏速食)시대와 선도국가(先導國家)사명

(1) 인간은 꿈과 이상의 영장체(靈長體)이다.

사람은 꿈과 이상의 영장체이다. 사람이 산다는 것은 꿈과 이상(비전)을 실현하기 위해 분투하는 노력의 과정이다. 꿈과 이상이 없는 사람이나 민족, 국가는 빛을 잃은 흑암이요, 생명력을 상실한 사막과 같은 것이다.

(2) 꿈과 이상은 대망(大望)이며 포부(抱負)이다.

인물의 크고 작음은 꿈과 이상의 대소에 따라 결정되는 것이다. 그러나 꿈과 이상만으로는 안 된다. 재력이 있어야 한다. 돈은 목적이 아닌 꿈과 이상을 실현하기 위한 수단인 것이다.

(3) 동서양의 경제관

돈 버는 일을 경제(經濟)활동이라 한다. 경제란 경세제민(經世濟民)의 준 말이다. 즉 세상을 잘 경륜하고 경영하는데서 돈을 벌수 있고 돈이 있어야 백성을 구제할 수 있다는 의미이다.

경세란 다른 말로 표현하면 정치(政治)라는 말이다. 그런데 오늘날 정치가들은 정치가 경제를 살리는 근원임을 망각하고 있다. 경제를 영어로 'Economy'라고 하는데 이 말의 어원은 본래 헬라어에서 유래 되었다. 'Eco'는 헬라어의 'Oicos'인 '집'이란 뜻이며 'Nomy'는 헬라어로 'Nomus' 즉 '법'이란 뜻이다. 따라서 경제(economy)란 '가법(家法)' 즉, 가정을 다스리는 정사(政事)라는 뜻을 내포하고 있는 말이다

경제란 말이 서양에서는 '가정을 다스리는 정사'에서 유래 되었다면 동양에서는 '세상을 경륜하고 경영해서 백성을 구제하는' 의미라는 것으로 정의한다. 이로 미루어 볼 때 경제의 발전은 곧 정치의 안정과 국민통합에서 성취된다는 것을 염두에 두고 정의를 내린 동·서양 선조들의 경제관을 새겨 두어야 할 것이다.

꿈과 이상이 돈과 결합할 때 인생이나 민족, 국가의 대업을 이룰 수 있는 것은 불을 보듯 분명히 알 수 있는[明若觀火] 상식인 것이다.

가르친다는 것은 참된 인간이 되어 우리의 가슴속에 꿈과 이상을 심어주는 것이다. 배운다는 것은 참된 인간의 머릿속에 꿈과 이상을 가꾸는 것이라고 볼 수 있다.
따라서 참된 인간가치로 사회와 국가의 이상을 구현하는 것이 문화 창달의 목적이기도 한 것이다.

(4) 만안속식(晚晏速食)시대 도래

지금까지 세계를 지배하던 세력은 강자들이었다. 소위 약육강식(弱肉强食)의 시대였던 것이다. 그러나 앞으로 시대는 빠른 것이 느린 것을 지배하는 만안속식(晚晏速食)시대인 것이다

'빨리빨리'의 민족성과 풍부한 교육자원, 우수한 머리를 가진 한민족이 그 능력을 유감없이 발휘할 수 있는 결정적 시대가 눈앞에 도래한 것이다.

우리나라가 인터넷 강국으로 부상한 것은 우연이 아니다. 그런데 안타깝게도 이 문명의 이기(利器)를 남을 욕하며 중상모략하고 사기 치는 수단으로 이용하는 일부 몰지각한 무리들이 있다는 점은 심히 우려되는 사회적 해결과제이다.

어서 속히 자발적인 각성이 이루어지거나 이를 개선하고 정화할 수 있는 제도적 장치가 마련되어야 한다. 그리고 인간생활의 향상과 편리를 도모하고 국가사회의 발전과 문화 창달에 기여하며 인류공영에 이바지하는 문명의 이기로 활용되기를 바라는 마음 간절하다.

11. 한반도는 인류 평화를 실현해야 할 사명국가요, 책임국가이다

1) 책임(責任)이란 말의 어원은 '대답하고 응답한다.'이다.

책임이란 말은 영어로 'Responsibility'인데 이 말의 어원은 '대답한다, 응답한다.'는 뜻이다.

책임이란 말의 어원이 '대답하고 응답한다'라는 뜻은 참으로 의미가 큰 것이다. 인간은 부르면 대답하는 존재이다. 부르는 것을 호(呼)라 하고 대답하는 것은 응(應)이라 한다. 부모가 자식을 부르고, 이웃이 나를 부르고, 사회나 국가가 나를 부를 때는 필요하기 때문에 부르는 것이다.

태평양시대를 맞이한 오늘날의 세계는 우리 대한민국을 부르고 있는 것이다. 따라서 한반도는 이 부름에 성실과 용기를 가지고 책임 있게 응답해야 할 신성한 의무가 있는 것을 명심해야 한다.

2) 대답하기 전에 부름[召命]이 있다

왜 부르는가? 나의 도움이, 나의 힘이, 나의 참여가, 나의 활동이 필요하기 때문에 부르는 것이다.

1904년 어느 가을날 아침 30세의 젊은 슈바이처는 슈트라스 부르그 대학의 성 토마스 기숙사에서 한 장의 신문을 읽고 있었다. 그것은 파리 전도협회에서 보낸 신문이었다.

지금 아프리카 콩고 지방에서는 전도 사업을 하려고 해도 의사도 목사도 없다. 「하나님은 지금 당신을 부르고 있습니다(God calls you). 이 부르심에 대답할 분은 안 계십니까?」라는 기사였다.

슈바이처는 '하나님은 당신을 부르고 있다'는 글을 읽고 온몸에 전기가 통하는 듯한 감격과 충격을 받았다.

그는 신문을 책상 위에 올려놓고 '제가 가겠습니다.'라고 엄숙한 결단의 기도를 드렸다. 그는 하나님의 부르심에 용감하게 응답한 후 7년간의 의학공부를 마쳤다. 그해 1913년 6월, 하나님이 부르신 운명의 땅, 사명의 나라 아프리카 람바레네로 갔다. 그곳에서 90세에 세상을 떠날 때까지 52년 동안 흑인들을 위한 사랑과 봉사, 헌신의 생애를 보냈다.

그는 하나님의 부르심에 책임 있게 응답하고 실천하였기에 그를 '20세기의 성자'라는 칭호를 얻게 되었다.

그런가 하면 임진왜란 때의 충무공 이순신은 나라의 부름에 응답하여 백의종군함으로써 성웅이 되었다는 것은 재언할 필요조차 없다.

망국의 절규를 듣고 분연히 일어섰던 독립투사들이 있었기에 오늘의 조국이 있는 것이다.

우리는 조국과 시대와 역사가 나를 필요로 하여 부르게 되면 책임있게 응답하고 동참해야 한다.

책임이란 인격의 엄숙한 대답인 것이다. 또 응답에는 성실과 용기가 뒤따르는 것이다. 불러도 응답할 줄 모르고 책임을 느낄 줄 모르는 것은 성실과 용기가 없기 때문이다. 책임을 포기하는 것이 무책임이요. 책임지지 않고 남에게 미루는 것이 책임전가이며 책임을 피하는 비겁함이 책임회피인 것이다.

우리 한민족 대한민국은 이제 주변열강들의 이해관계에 의해 분단된 조국의 자주적 통일을 위해 시대와 역사의 소명에 분연히 응답하여야 한다. 그리하여 번영된 통일조국의 기반을 조성하고 나아가 한반도문명권시대를 창출하고 인류평화이상을 구현하는데 기여하여야 할 것이다.

12. 한반도의 해결과제

1) 사회구조개편과 체질개선 필요

19세기 서구사회는 일찍이 산업혁명 과정을 거쳐 오면서 자본주의 사회 체제가 정착되어 가고 있었다. 이를 바탕으로 국력신장과 세계제패에 혈안이 되어 약육강식의 냉엄한 현실이 전개되었다.(주 29)

그때 우리나라 조선은 세계의 동정과 실상을 파악하지 못하고 이에 대한 적절한 대응방안을 강구하지 못하고 우왕좌왕하다가 결국 강제개항이라는 수모를 당하였다. 그러고도 오히려 강력한 쇄국정책으로 일관하는 가운데 이른바 명성황후와 흥선대원군[李昰應]의 주도권 싸움에 필요 없이 국력을 낭비하였다.

이러한 소모적으로 국론을 분열하다가 설상가상으로 동학란이 발발하여 급기야 청·일 양국군대를 불러들였다.(주 30) 그 결과 임오군란, 갑신정변, 을미사변, 아관파천이란 치욕적사건을 감수하기에 이르렀다. 이에 한술 더 떠 지도세력들은 친러, 친청, 친일세력으로 삼분오열되고 외세 의존적 심리만 팽배한 가운데 국정을 바로잡을 중심세력들은 국가관을 망각하고 있었다.

20세기에 접어들자 일본 군국주의자들은 야만적인 마각을 본격적으로 드러내 보이면서 조선의 국권을 침탈하고 한반도는 일본의 식민지로 전락되었다.

이때 우리의 시대정신은 '국권회복과 자주독립'으로 승화되어 드디어 1919년 거국적인 3·1운동으로 폭발하였다. 뒤이어 애국지사들은 해외에 망명정부를 수립하여 항일투쟁을 전개하였다.

1945년 연합국의 승리로 외세에 의해 일본의 식민지하에서 광복을 맞이했다. 하지만 그토록 참혹하게 경험했던 외세의 질곡의 고통을 망각한 채 이번에는 민주주의 대 공산주의의 이념대립과 갈등으로 말미암아 또 다시 국론이 분열되었다. 이로 인해 국토가 분단되어 동족상잔의 6·25 전쟁으로 인하여 300만 민족의 희생을 가져왔다. 이러고도 국토가 초토화된 민족적 비극을 초래한지 어언 반세기가 경과하였다. 그러고도 아직까지 그칠 줄 모르고 평행선을 치닫고 있는 상황이다. 동작동 국립묘지[顯忠院]에 묻혀있는 수많은 젊은이들의 피의 대가는 누구를 위한 희생양이란 말인가?

이제 한반도는 가변적인 이념의 대결에서 탈피하여 민족 공동체를 복원하고 사회구조를 개편하고 사회체질를 개선해야 한다. 그런 다음 국론통일과 국민화합을 이룬 바탕 위에서 조국통일을 실현해야 할 것이다.

5·16 군사혁명 과정을 거쳐 박정희 정권은 이 땅에 태어났다. 그리고 '우리도 한번 잘살아보자'라는 구호 아래 '조국근대화'의 경제개발

도 시대정신의 표방이었으며 민주화세력에 의한 민주화성취도 민주화 시대의 시대정신인 것이다.

민주화 이후 오늘날 한국의 정치사회 실상은 어떠한가?

이른바 우파와 좌파 보수와 진보의 대립갈등이 첨예하게 고조되고 투쟁일변도의 노동조합 만능시대를 맞았다. 폭력과 투쟁이 난무하며 집단이기주의가 발호(跋扈)하고 사회질서가 실종되었다. 이러는 가운데 이 시대를 치유할 수 있는 시대적 스승은 보이지 않으니 암담할 뿐이다.

실사중화(實事中和)에서 실사란 진실을 바탕으로 사실을 기준삼고 공리적(公利的) 결실을 원칙적으로 추구하는 것이다. 이를 토대로 중화하여 국론통일과 국민화합 및 반목갈등을 청산하는 시대정신이 요구되는 것이다. 우파와 좌파, 보수와 진보의 두 이념에 지배되고 집착하여 고정적 차별 관념을 타파하지 못하고 반목과 갈등, 투쟁으로 일관한다면 필연적으로 망국의 종말을 가져 올 수 있는 것이다.

따라서 부재우파(不在右派) 부재좌파(不在左派)의 이변부재(二邊不在)로 두 이념의 편견과 극단을 지양(止揚)하여야 한다. 그리고 차원 높은 통일체로 중화회통(中和會通)하여 재도약의 전기를 가져오는 것이 이 시대의 시대정신인 것이다.

주 29) 산업혁명(産業革命)

 산업혁명의 발발은 18세기 후반부터 획기적인 기계의 발명과 기술의 혁신에 의해 일어난 산업상의 큰 변화로서, 이로 인해 야기된 사회적, 경제적, 구조적 대변혁을 말합니다. 18세기에 와서 영국 국내외에서 면직물의 수요가 급증하자 대량 생산 방법을 찾게 되었습니다. 그리고 상품 수요에 맞게 기계(방직기, 방적기)를 발명하고 동력(증기기관)을 개발하여 생산 방법이 혁신적으로 변화하게 되었습니다. 그리하여 공장제 기계공업이 발달하고 면직물 공업 · 제철 공업 · 기계 공업에 혁신을 가져왔습니다.

 그리고 산업 자본주의가 확립되었고 교통 기관의 혁신, 통신 기관의 발명 등 가파르게 사회구조가 재편되었습니다. 이 변혁이 영국에서 일어난 이유는 다음과 같은 이유로 정리됩니다.

 1. 모직물 공업을 중심으로 한 근대적인 산업이 발전하였습니다.
 2. 광대한 식민지를 상대로 한 해외 무역이 활발하여 많은 자본을 축적하였습니다.
 3. 인구 증가, 농촌 인구의 도시 이동으로 산업 활동에 필요한 노동력을
    쉽게 얻을 수 있었습니다.
 4. 새로운 산업 발전에 필요한 석탄, 철 등의 지하자원이 풍부하였습니다.
 5. 명예혁명 이후 정치적으로 안정되고, 경제 활동의 자유가 보장 되었습니다.

산업 혁명으로 세계의 공장이 된 영국은 국제 경제를 이끌어 갔으며, 산업 혁명은 유럽 각국 및 전 세계로 파급되었습니다. 1세기 동안 유럽은 2배 이상, 영국은 3배 이상 인구가 증가하였습니다. 산업 사회가 되면서 도시 문제, 노동 문제 등 사회 문제가 발생하였습니다. 산업 사회의 문제점으로 인해 노동 운동과 사회주의 운동이 일어나게 되었고, 각국의 정부는 이에 대처하기 위해 사회 개혁 정책을 실시하였다.

주 30) 청일전쟁

1894년 8월 1일 ~ 1895년 4월 17일까지 벌어진 청나라와 일본제국 간의 전쟁입니다. 그렇지만 실제 교전은 7월 25일에 이미 발생한 상태였습니다. 그렇지만 정작 주요 전쟁터는 조선 땅이었습니다. 바로 갑오농민전쟁(동학란)의 진압을 위해 청의 병력을 빌려서 제압하려는 조선 조정의 판단 때문입니다. 그리고 10년 전 청에게서 갑신정변의 치욕을 당해왔던 일본에게는 10년 만에 설욕을 갚는 절호의 기회도 되고 한반도의 실질적 지배를 잡을 수 있었던 호기였습니다. 이 기회를 놓칠세라 조선에서 불러들여 주둔 중인 청의 군대와 교전을 하게 되었던 것입니다. 또한 당시 동학농민운동도 끝나지 않은 상황이라 조선의 동학농민군까지 포함하면 결국은 동북아 3국 전쟁이라고 해도 과언은 아니었습니다.

이게 사정이 복잡한 게, 청은 양무운동 이후 본격적으로 다시 동아시아 패권자의 위치를 되찾으려 안간힘을 다 했습니다. 또한 일본은 메이지 유신 이후 서구화가 급속히 진행되면서 조선 뿐 아니라 아편전쟁 이후 서구 열강에게 블루 오션 사업으로 떠 오른 청의 이권과 영토 빼앗기에 혈안이 되었습니다. 그리고 이 두 세력이 자신들의 목적을 이루는 데 있어서 역시 가장 중요한 곳은 바로 조선이었습니다. 청은 청불전쟁의 패배로 안마당 중 하나인 베트남을 프랑스에게 내준 상황에서 마지막 남은 안마당인 조선까지 내주는 건 생각하기도 싫은 일이었습니다. 일본도 조선을 집어삼켜 중국을 공격하는 교두보로 삼으려고 했습니다.

청일전쟁은 주로 청·일 양국 간의 군사적 대결이었지만, 한반도 내에서 일본군과 동학의병(東學義兵) 간의 조일전쟁(朝日戰爭)을 수반한 전쟁이기도 하였습니다. 1894년 10월 중순 전라·충청도에서 전봉준(全琫準)·손병희(孫秉熙) 등은 동학농민군(의병)을 이끌고 조선을 강점한 일본군에 대항하는 전쟁, 즉 조일전쟁을 개시하였습니다.
이 동학의병의 항일 군사 활동은 당시 요동·산둥반도에서 청군과 전쟁을 벌이던 일본 측에서 볼 때는 후방을 교란하는 중대한 뇌관이었습니다.

청은 당시 조선에서 임오군란과 갑신정변을 진압해 일본의 세력을 잠시나마 축출한 상황이었고, 일본은 다시 조선에 영향력을 미치기 위한 기회를 노리고 있었습니다. 그리고 그러한 상황에서 조선에서 뜻밖의 변수가 일어나니 그것이 바로 동학농민운동이었습니다.

동학농민운동에서 조선군이 힘을 못 쓰고 패배하고 진압에 난항을 겪자 조선은 청에 군대를 보내달라고 요청했습니다. 청은 조선의 요청에 따라 군대를 파병했고 일본도 곧바로 텐진조약을 빌미로 조선에 군대를 파병하였습니다.

하지만 동학군은 외국 군대가 온다는 이야기를 듣고 외세에 빌미를 줄까 봐 정부와 전주화약을 맺고 해산해버렸습니다.
당연히 조선 정부는 일본과 청에게 "이제 다 끝났으니 집에 돌아가시져?"라고 요구했으나 일본은 하늘이 준 기회를 놓칠 생각이 없었습니다. 일본군은 철수하지 않고 갑오개혁을 요구하는 등 점점 내정 간섭을 하기 시작하더니 급기야 수도인 한양을 장악하고 경복궁을 점령해버렸습니다! (그해 6월 23일)

이후 일본은 조선에 청에서의 독립선언을 하라고 요구하였습니다. 이것은 바로 당시 조선은 청의 식민지라는 뜻입니다. 청이 서구 열강의 침략을 받고 실제로 주변 조공국들을 식민지처럼 만들 생각을 하고 있었습니다. 이런 의미에서 일본이 조선에게 독립선언을 하라고 한 이유는 조선에서의 청의 종주권을 박탈하기 위한 것이지 조선을 진정으로 독립국으로 만들 생각은 없었습니다. 독립협회를 비롯한 많은 수의 조선 지식인들이 이 말에 속아 러일전쟁 때까지 일본을 응원했고, 1905년 11월에는 대참사가 벌어집니다.

이 조약으로 청국은 조선이 완전한 자주 독립국임을 명확히 확인하였으며 이로써 조선에 대한 종주권은 청국에서 일본으로 넘어가게 되었습니다. 또한 요동반도, 대만과 그 부속도서, 팽호열도를 할양하였고 고평은 2억 냥을 7년 이내에 배상하기로 했습니다. 이를 당시 일본화폐로 환산하면 3억 6천만 엔으로 일본정부 4년치 세입이라고 합니다. 또한 일본은 서구 열강과 같은 최혜국 대우를 받게 되었습니다.

이 전쟁을 승리로 이끈 일본은 동아시아의 오랜 전통적인'중국 중심 세계질서'에서 이 지역의 패자로 등장하였습니다. 또한 당시 아시아에서 대립하던 영국과 러시아 등 제국주의 열강들 간의 영토분할 경쟁을 촉발시킨 계기로 세계사적 의의를 지닙니다.

이 전쟁 결과, 조선은 뿌리 깊은 청국의 종주권에서는 벗어났으나, 동시에 일본 제국주의의 침략 대상으로 바뀌어 인적·물적으로 그 유례를 찾아볼 수 없을 만큼 혹독한 수난을 당하였습니다.

그 당시 일본 정부는 국내에서의 정치적 혼란을 청국과의 전쟁으로 해결하고자 전쟁을 일으킬 명분을 찾으려 급급하였습니다. 그리하여 개전 구실을 마련하기 위해 공동철병안 대신 조선의 내정을 공동으로 개혁하자는 안을 청국에 내놓았습니다.

일본의 예상대로 청국 측이 이 제안을 거절하자 일본은 청국에'제1차 절교서(絶交書)'를 보냄과 동시에 단독으로 조선의'내정개혁'을 강행하기로 결정하였습니다. 이 사이에 이홍장의 조정 의뢰에 따라 러시아와 미국이 일본군의 철수를 요구하였지만, 7월 중순 일본 정부는 청국에'제2차 절교서'를 보내는 한편, 영국과 영일신조약(英日新條約)을 체결, 영국의 간접적인 지원을 얻어 개전을 서둘렀습니다.

프랑스는 러불동맹(露佛同盟)의 동반자 입장에서, 독일은 러시아의 제국주의적 야망을 아시아 쪽으로 돌리게 만들어 중국분할 경쟁에서 유리한 지위를 확보할 목적으로 각각 러시아의 삼국간섭에 동조하였습니다.

청일전쟁은 청국·일본·조선 등 관련 각국 간의 국제질서를 일본 중심으로 재조정시킴과 동시에, 이들 각국의 근대화 방향을 결정지은 역사적 전쟁이었습니다. 일본은 삼국의 간섭으로 랴오둥반도를 빼앗는 데는 실패했지만 청일전쟁 결과 대만 등 중국 영토를 식민지로 확보, 아시아에서 제일 먼저 제국주의 국가로 자리 잡았습니다. 나아가 청국으로부터 얻어낸 배상금을 바탕으로 자본주의적 경제발전과 군비확장에 박차를 가하였습니다.

반면에 청국은 이 전쟁 결과 조선에 대한 전통적인 종주권을 상실한데다 열강의 격렬한 제국주의적 분할 경쟁의 대상국으로 전락, 대내외적으로 왕조의 붕괴를 재촉하는 위기를 맞게 되었습니다.

한편, 이 전쟁의 빌미를 제공하고 전쟁 중 일본의 보호국화 기도에 휘말린 조선왕조는 일본과 서구 열강들의 전략적 먹잇감에 놓여 있었습니다. 이 연장선상에서 갑오경장이란 공전의 제도개혁을 겪음으로써 전통적인 지배체제가 약화되었고, 동학농민의병 등 반일민중의 타격이 컸습니다. 또한 일본군에 경복궁을 점령당하고 명성황후가 시해를 당하는 등 임진왜란 이래 최대의 수난을 당하였습니다.

이 전쟁에서 승리한 일본은 메이지 유신 이후 근대화에 성공하였다는 징후로 받아들였고 열강으로 진입하면서 5년 후 의화단 운동에 개입하였습니다. 정부는 물론 국민들까지 본격적으로 군국주의와 팽창주의로 나아가는 계기가 되었습니다. 그리고 이 과정에서 삼국간섭을 벌인 러시아와 서구 열강에 대한 불만이 커지기 시작했으며, 러시아도 부동항을 얻기 위해 한반도에 영향력을 행사하려 하면서 훗날 러일전쟁이 벌어지는 계기가 됩니다.

또한 청은 이 전쟁에서의 패배로 양무운동에 대한 회의론이 늘어나기 시작했고 단지 서구의 기술만 받아들이는 것이 아닌 일본의 유신처럼 체제 자체를 뒤엎자는 변법자강운동이 벌어지는 계기가 됩니다. 이러한 변법자강운동의 경험이 나중에 신해혁명으로 어느 정도 결실을 얻게 되니 사실상 청을 멸망으로 몰고 간 요인 중 하나입니다.

아편전쟁 등 서양과의 전쟁에서 계속 패배하던 것에 재수 없게 지나가던 미친개에게 물린 일 정도로 여기고 있던 중국인들에게 청일전쟁은 큰 충격이었습니다. 자기네 문화권에서 별 볼일 없었던 변방의 섬나라에게 어처구니없이 주도권을 빼앗기는 결과를 초래하였습니다. 뒤이어 중국 역사에서 가장 중요한 앞마당 국가에서 영향력을 상실한 일은 비로소 중국이 천하의 중심에서 물러났다는 엄청난 충격과 상실감을 주게 됩니다. 뒤이은 변법자강운동의 실패와 뒤이은 의화단 전쟁으로 열강들이 아편전쟁 때보다 더 확실하게 중국 대륙을 짓밟으면서 중국 지식인들은 그제야 비로소 일본을 모델로 한 개혁, 혁명운동으로 노선을 바꾸게 됩니다.

한편 조선은 일본의 속국화를 피할 수 없는 시점이었으나 삼국간섭으로 러시아가 일본 세력을 몰아내자 친러 정책(인아거일)을 펼치기 시작했습니다. 을미사변도 이러한 친러 정책으로 불안해진 일본이 조선에서 주도권을 잡기 위해 벌인 일이었습니다. 고종은 아관파천을 거친 후 조선에서 외세의 균형이 잠시 평행 상태에 이른 틈을 타 대한제국으로 개편합니다.

그러나 여전히 대한제국은 외교 부문에서 외세를 끌어들여서 사채 돌려막기

하듯 하는 모습을 보여주었습니다. 물론 미국이 집안싸움 하느라 손 뗀 사이 메이지 유신 등의 개혁을 한 일본이 라오스, 캄보디아 등등 속국들을 잘라주면서까지 국제적 지위를 확보해 나갔습니다. 그리고 독립을 유지한 태국 등도 외교 상황을 감안한 것이었습니다. 그러나 내정 개혁은 시대에 따르지 못했고, 결국 러일전쟁이 끝난 후 일본과 러시아와의 세력 균형이 깨져버리면서 식민지의 길을 걷게 됩니다.

 그 외 일본의 대만 식민통치는 제2차 세계대전으로 일본이 패망한 1945년까지 50년 동안 계속되었습니다.

 청일전쟁시기와 러일전쟁의 시기 사이, 그러니까 일본과 러시아가 조선을 두고 세력균형을 꾀하고 있던 약 10년간(1894년 ~ 1904년)의 기간이 조선으로서는 독립하기 위한 마지막 기회였던 셈입니다. 하지만 일본과 러시아의 견제 속에서 을미사변, 아관파천 등이 일어나면서 고종은 개혁의 드라이브를 강하게 걸지 못했고, 망국의 길로 들어섭니다.

2) 국민화합과 홍익인간정신 복원

국민화합이나 국민총화 등의 용어는 우리는 귀가 따가울 정도로 많이 들어왔다. 그런데 우리의 현실은 그 반대의 길로 지향해 가고 있는 실정이라고 한다면 지나친 강변이고 기우란 말인가?

왜 국민화합이나 국민총화를 이루어야 하는가?

나라가 발전하고 번영하는 길이 이 길 말고 또 다른 길이 더 있단 말인가? 정당들의 득표용이나 집권수단용이 아니라 이는 발전과 번영의 상식적이며 평범한 사실 그 자체이기 때문이다.

사회를 구성하는 최소단위는 가정이다. 국가라는 국민 결속체에 집가(家) 자가 들어가는 것도 국가도 가정의 연장선상에서 형성된 집단체이기 때문에 국가라고 한 것이다.

그런데 우리가 식상할 정도로 많이 들었던 용어가 가화만사성(家和萬事成)이다. 여기에 무슨 미사여구나 전문(專門) 이론이 더 필요하단 말인가?

오히려 너무 자주 그리고 많이 들어 왔기에 잊어버리거나 아니면 무관심한 것인지도 모르지만 이는 분명 평범한 진리이며 대도(大道)임이 확실하다. 가정에는 구성원인 남편이나 부인이 있으며 이를 부부(夫婦)라고 하며 자식이 탄생하면 부부는 부모(父母)가 된다. 이 가정구성원이 밖에 나갔다가 귀가하면서 싸움하고 대립하고 갈등하며 투쟁하고 망언(妄言)한다면 가정의 행복과 평화, 발전, 번영이 가능할 수 있을까?

아니다. 분명코 아니다. 그래서 가투만사성(家鬪萬事成)이란 용어는 없는 것이다. 더 이상 무슨 이론이나 논리가 필요하단 말인가? 더욱이 우리나라는 반만년의 역사를 가지고 있다. 우리의 국조(國祖) 단군성제(檀君聖帝)는 성수(聖壽) 60세에 단군조선(檀君朝鮮)을 개국(開國)하였다. 그러면서 양경사문(兩經四文)의 바탕 위에 건국이념(建國理念)을 경천애인(敬天愛人) 재세이화(濟世理化) 홍익인간(弘益人間)으로 선포하시고 치국(治國)하신 전통문화 보유국이다.

홍익인간이나 가화만사성은 상호상통(相互相通)하는 진리이며 대도이다. 이러한 전통기반 위에 출범한 대한민국은 국민화합과 국민총화를 복원하고 실시해서 태평양시대의 중흥국가(中興國家)로 다시 태어나야 한다. 나아가 이 모델을 세계화하는 시대적인 소명국가(召命國家)임을 자각하고 사명과 책임을 다해야 함이 이 시대의 엄숙한 명령이다.

3) 남북공화통일 실현

나는 청년기에 공산주의의 맑스니즘을 비판하고 대안을 제시하던 반공 홍보강사 출신이다. 중학교를 졸업할 때『사서(四書:논어, 맹자, 중

용, 대학)』를 수료할 정도로 한문학을 숭상하는 집안 출신이고 또 대학
에서 『신학(神學)』을 전공한 토대 위에 『주역(周易)』 공부에 매진한지
어언 35년이 경과하였다.

그런데 『주역』 38번 괘상(卦象)이 상호 어긋난다는 화택규괘상(火
澤睽卦象)이다. 이 괘상을 공부하다가 놀랍게도 한반도의 통일방안의
비책을 도출하고 이를 「공화통일론(共和統一論)」이라 명명한 후 부단
히 연구해왔다.

『주역』에 이르기를

천지정위(天地定位)하며 산택통기(山澤通氣)하며
뢰풍상박(雷風相薄)하며 수화불상석(水火不相射)
또는 수화상체(水火相逮) 및 수화상제(水火相濟)라 했다.

이 토대 위에서 수화불상석(水火不相射) 및 수화상체(水火相逮) 또는
수화상제(水火相濟)의 한반도 통일의 비전을 도출해낸 것이다.

베트남의 통일은 승부통일(勝負統一)을 했다. 이 통일은 월맹인 북
방수세(北方水勢)가 월남인 남방화세(南方火勢)를 수극화(水克火)한 통일
이었다. 한편 독일의 통일은 서독의 서방금세(西方金勢)가 동독인 동방
목세(東方木勢)를 금극목(金克木)해서 흡수통일(吸收統一)한 것이다. 매
우 주목해 볼 통일 모델인 것이다. 그러면 한반도의 남북통일도 수극

화 통일이란 말인가? 절대 아니다.

북한은 북방수세(北方水勢)이고 남한은 남방화세(南方火勢)인 것은 분명하다. 그래서 북한이 수극화(水克火)논리로서 승부통일(勝負統一) 또는 적화통일을 선망(羨望)하거나 획책하고 있을 런지 모르나 한반도에서는 승부통일이나 적화통일이 절대불가능하다.

그 이유는 지극히 간단하다. 한반도는 하늘로부터 지목(指目)하고 예정되기를 세계 평화이상을 구현하는 중심국가로 선택되었기 때문이다.

북한이 1950년 6·25전쟁을 발발하여 승부통일과 같은 적화통일을 도모했으나 성공할 수 없었던 것도 이런 이유였던 것이다. 그런데도 불구하고 오히려 북침이라고 호도(糊塗)하고 있는 실정이다.

기습공격은 선제공격이기 때문에 3·8선 남쪽이나 북쪽에 선제공격의 흔적이 분명히 남아있다. 따라서 남침인지 북침인지를 판단할 수 있는 것은 지극히 상식적인 문제로서 입증되기 때문에 재론할 문제가 아니다.

수극화에 의한 선제공격은 왜 성공하지 못했으며 낙동강전선이 최후의 보루가 된 것은 무엇을 암시하고 있는 것일까?

또 지금도 군비강화를 도모하면서 핵무장까지 시도하는 곳이 남한인가 북한인가?에 따라서 해답은 명확하다. 한반도에서는 수극화(水克火) 통일이 아니라 수화불상석(水火不相射) 또는 수화상체(水火相逮) 및 수화상제(水火相濟)통일이기 때문이다.

수기(水氣)가 극렬하면 화기(火氣)를 끄게 되고 반대로 화기가 극렬하면 수기를 말리는 법이다. 때문에 수화(水火)의 기운이 중앙토기(中央土氣)의 조화에 의해서만이 상호상승작용을 해서 만물이 신장(伸張)과 결실을 맺을 수 있는 것이다.

물 기운이 없이 어떻게 만물이 존재할 수 있는가? 그러나 물 기운만 가지고 안 된다. 불 기운이 있어야 한다. 이 원리가 수화불상석(水火不相射)이며 수화상체(水火相逮)이다. 하나님도 물과 불로서 우주를 창조하고 주관하시기에 해와 달을 두어 불과 물의 역할을 위임한 것이다.

한반도의 북방수(북한)와 남방화(남한)도 수화불상석(水火不相射) 수화상체(水火相逮)의 원리에 입각하여 통일하고 그 위에 한반도 문명권시대가 개창(開創)되도록 예정된 것이다.

따라서 북방수기는 땅속에 흡수되어 자양분으로 만물을 소생시키고 남방 화기는 온기로 만물을 성장시켜 결실케 하는 것이다. 즉 이것이 수화(水火)로서 우주를 창조하신 창조법칙이며 자연법칙이다. 이러한 자연법칙에 입각하여 3·8선 비무장지대에 유엔이 주관하는 중립도시[和門店市]를 세워서 유엔 제 5사무국을 유치하여야 한다. 여기에 남북한 대표부를 파송케 한 후 균형적 발전을 도모하는 통일방안을 「공화통일방안」이라 명명(命名)하게 되었다.

　나는 이렇게 생각한다.
　'북한은 수류토중 자양소생(水流土中 滋養蘇生)의 역할을 하고 남한은 화생토중 온기성장(火生土中 溫氣成長)의 역할을 하여야 한다. 즉 물이 중앙 토 가운데로 흘러서 자양분이 되어 만물을 소생시키고 불은 중앙 토를 상생하여 온기로서 만물을 성장시켜야 한다.'

　이로써 한반도 통일이 수극화 통일이 아니라 수화불상석(水火不相射) 수화상체(水火相逮) 및 수화상제(水火相濟)의 「공화통일방안」임을 연구하게 되었다.

결 론

1) 불능(不能 – 不可能)과 불위(不爲 – 不可爲)를 구분하자

인간이 왜 소우주일까? 이 문제의 해답은 대우주를 정확히 알 때만이 해결할 수 있다고 확신하게 되었다. 다시 말해 인간을 소우주라 하는 것은 대우주의 축소체라는 의미인 것이다.

우주는 문자 그대로 집 우, 집 주로서 하나님이 창조하고 건축한 집[家]이라는 뜻이다. 그런데 동양사상은 우주에 대한 정명학적(正名學的) 논리가 아주 극명(克明)하게 서술하고 있다.

우주는 우왈 천지사방야(宇曰 天地四方也)요, 주왈 고금왕래야(宙曰 古今往來也)라 정명(개념)하였다. 참으로 시사(示唆)하는 바가 웅대하다고 자각하게 되었다. 다시 말하면 우(宇)는 공간적 실상(實相)이고 주(宙)는 시간적 실상(實相)이라는 뜻이다. 이를 시공(時空)이라 한다.

우주는 곧 시공이요, 시공은 시간성(時間性)과 공간성(空間性)을 말한다. 그렇다면 인간이 소우주로서 대우주의 축소체가 되는 근원도 확실해졌다. 인간이란 위로는 하늘이 있고 아래로는 땅을 밟고 살아가니 천지 중간적 존재이다. 때문에 인간이라 정의한 것이다. 또한 사람은 태어나서 죽을 때까지 생명을 영위하는 것이니 인생은 시간적 존재인 것이다. 따라서 인간이 소우주로서 대우주의 축소체가 되는 이유가 되는 것이다.

다시 정리하자면 우주는 우공간(宇空間)인 동시에 주시간(宙時間)인 것이다. 인간도 역시 우인간(宇人間)이고 주인생(宙人生)이 되는 것이다. 인간(人間)이 공간적 실상이라면 인생(人生)은 시간적 실상이기 때문에 소우주인 것이다. 이렇게 소우주인 인간과 인생은 절대 할 수 없는 일이 있고 할 수 있는 일이 있는 것이다. 절대 할 수 없는 것을 불능(不能)이라 한다면 할 수 있는 것을 유위(有爲)라 한다. 그런데 할 수 있는데 하지 않는 것을 불위(不爲)라고 하는 것이다.

예컨대 도봉산을 제주도로 옮기는 것은 불능이지만 도봉산을 정상까지 오를 수 있는데도 오르지 않는다면 이것은 불위인 것이다.

국민총화 남북통일을 이루고 악한 행위 등을 청산하지 않는 것은 불능이 아닌 불위인 것이다.

이제 우리는 이 시대의 대한민국과 한민족에게 주워진 사명과 책임이 또한 불능인지 불위인지를 극명하게 분별해야 할 것이다. 만약 할 수 있는데 하지 않는 일이 있다면 이는 과감히 해야 하는 용기와 지혜가 요구되고 있음을 명심해야 할 것이다.

2) 정신혁명과 새 사람

낡은 사람과 새 사람의 차이는 나이가 많고 적음이 아니요, 지식이 많고 적음도 아니다. 새로운 정신의 소유자냐, 낡은 정신의 소유자냐 이다.

새로운 정신의 새 사람이란 현실에 안주하지 않고 무한히 자기 자신을 개혁하는 물이 샘솟듯 마음을 맑히는 사람이다. 그 반면에 낡은 정신의 낡은 사람이란 현실의 불합리에 안주하고 시대의 변화 발전을 거역하는 비개혁적인 사람이다.

새로운 사상과 새로운 이념에 의한 정신의 혁명과 변화에 의해서 만이 새로운 사람이 될 수 있는 것이요. 새로운 사람이 있음으로 말미암아 새로운 가정과 사회, 국가와 세계 그리고 역사가 있는 것이다.

변화와 혁명의 시발점은 먼저 인간의 정신을 바꾸는데서 비롯 된다는 것을 잠시도 잊어서는 안 된다.

사고의 혁명, 정신의 혁명이 가정과 사회, 국가와 세계 역사의 변화를 가져오는 것에 주목해야 한다.

우리는 더 이상 머뭇거리면서 반목, 갈등, 대립, 투쟁에 함몰(陷沒)해서는 안 된다. 우리사회나 국가의 발전과 번영을 가로막고 있는 반목갈등, 대립투쟁을 과감히 청산하고 지양(止揚)해야 한다. 그렇게 한 후 홍익인간의 정신을 복원하고 계승하는 보익주의로 정진해야 한다. 나아가 보익정치문화를 정착하여 정신혁명을 이루어서 세계의 중심국가시대를 열어가야 한다.

그리고 성인, 성민, 성군을 찾아 세워 국민통합과 남북통일을 성취하고 민주주의 이후의 새로운 대안의 이정표를 제시해야 한다. 그렇게 한 연후에 옛 해동성국의 전통을 승화 발전시켜 21세기 세계신평화연합 시대의 선도국가를 우리 후손들에게 물려주고 가야 한다.

글 마무리

머리글(1)

네게서 나온 것은 네게로 돌아온다.

추나라가 노나라를 상대로 싸우게 되었다.
추나라 목공이 맹자에게 물었다.

"나의 신하 중에 죽은 자가 33명이나 되건만 백성들은 한 사람도 목숨을 바치지 않았습니다. 사형으로 죽이자면 다 죽일 수 없고 죽이지 않으면 윗사람이 죽는 것을 흘겨보면서 구하려들지 않을 것입니다. 이를 어떻게 했으면 되겠습니까?"

맹자가 대답했다.

"흉년이 들어서 기근이 심했던 해에 임금의 백성들 가운데서 늙고 약한 자는
굶주림에 지쳐 방황하다가 죽어 갔으며 장정들은 사방으로 흩어진 자가 수천 명이나 됩니다. 임금의 곡식 창고에는 곡식이 가득 쌓여있고 재물창고에는 재물이 가득 차 있건만 임금의 벼슬아치들은 임금에게 알리지를 않았습니다. 이것은 윗사람이 태만해서 아랫사람을 못살게 만든 것입니다."

증자(曾子)가 일찍이 말했다.

"경계하고 또 경계하라. 네게서 나온 것은 네게로 되돌아온다." 고.

백성들은 이제야 자기들이 당했던 것을 되갚을 수 있게 된 것이다.

"임금께서는 그들을 탓하지 마십시오. 임금께서 어진 정치를 베푸신다면 백성들은 윗사람에게 친절하게 대할 것이고 윗사람을 위해서 목숨을 바칠 것입니다."

머리글(2)

백성들과 함께 성을 지키고 죽는 한이 있어도 백성들을 버리고 떠나가지 않는다면

등나라 문공이 맹자에게 물었다.

"등나라는 작은 나라입니다. 그리고 제(齊)나라와 초(楚)나라 사이에 끼여 있으니 제나라를 섬겨야 합니까? 초나라를 섬겨야 합니까?"

맹자가 말했다.

"이 계책은 내가 언급할 바가 아닙니다. 굳이 말씀을 드린다면
한 가지 방법이 있습니다.
연못을 깊이 파고 성을 높이 쌓아서 백성들과 함께 지키는 것입니다.
죽는 한이 있어도 백성들을 버리고 떠나가지 않는다면 그것도 한번 해
볼 만한 일입니다."

※ (間於齊楚則外患也 - 韓半島間於美中 - 美後在日 中後在露)
(등나라가 제나라와 초나라 사이에 있는 것은 외환(外患)이듯이 - 한반
도가 미국과 중국 사이에 있는 것도 외환이다. - 미국 뒤에는 일본이 있
고 중국 뒤에는 러시아가 있는 것을 잊어서는 안 된다.)

머리글(3)

※ 웅산(雄山) 의 공부 방향

1) 온고이지신 - 고전탐구(溫故而知新 - 古典探求)
(옛날 성인들의 말씀을 공부하여 새로운 것을 깨닫기 위해서는 고전을

탐구해 보자.)

2) 창왕이찰래 - 주역탐구(彰往而察來 - 周易探求)
(지나간 찬란한 족적을 공부하여 미래를 관찰하기 위해 『주역』을 공부
해 보기로 결심했다.)

이 두 과제를 이루기 위해 그 첫째가 책속에서 찾아보기로 결심하고 고
전을 탐구하면서 역사가 무엇인가에 지대한 관심을 가졌다. 그리고 독
서에 전력경주하기에 이른다.

머리글(4)

『주역』은 음양학(陰陽學)이요, 길흉학(吉凶學)이며 득실학(得失學)이요, 운
기학(運氣學)이며, 미래학(未來學)임을 깨닫게 되었다.

그러면서 젊은 시절 공산주의 이론 비판의 전문 강사로 활동하며 서양
철학을 공부한 것과 대학에서 『신학』을 전공하면서 기독교를 공부한 것
들을 되돌아보았다. 이것은 어쩌면 운명적인 인생행로였다는 생각이 들
기도 했다.

서두에 맹자이야기로부터 시작한 것은 한반도가 지구의 중심이며 인류 문화의 시원지(始元地)로서 원시반본(元始反本)에 의해 이 시대의 사명국임을 밝히고자 시도한 것이다.

다시 말해 우리나라 역사의 특징을 일별(一瞥)해 보면

첫째 하늘을 숭상하고 사람을 사랑하라는 경천애인사(敬天愛人史)이며

둘째 천도를 자질로 하여 모든 인간들을 유익하게 선도하라는 홍익인간사(弘益人間史)이다.

셋째 우리나라 역사는 반만년의 전통문화사(傳統文化史)를 계승 유지하고 있으며

넷째 우리의 역사는 고통과 수난으로 점철된 수난점철사(受難點綴史)였다.

다섯째 우리는 900여 회의 외침을 받아오면서도 결코 남의 나라를 침략하거나 도륙(屠戮)하지 아니한 명실상부 평화를 애호하는 평화불침사(平和不侵史)를 간직하고 있는 나라이다.

머리글(5)

그래서 맹자가 강조하신 "너에게서 나온 것은 너에게로 되돌아온다(出乎爾者 反乎爾者也)"는 말씀을 앞부분에 인용한 것이다. 그런 뜻에서 우리 역사 속에서 배출된 평화애호사상은 지금 시대에 되돌아 와서 세계 인류의 평화의 등불 역할을 해야 할 시대에 직면해 있다. 또 이를 실천해야 할 책임과 사명국이라는 시대적 천명(天命)을 비장한 각오로 지각하자.

우리나라 주변 4대 강대국들은 강력한 패권주의 국가들이다. 또 우리나라는 이들 국가의 틈 사이에 끼여서 소위 자의반 타의반의 다양한 요구를 수용해야 하는 지정학적인 위치에 처해있는 실정이다.

그래서 이 이유 때문에 지난 역사과정에서는 우리나라는 수난사로 점철된 요인 중 하나였다. 하지만 이제는 평화애호주의 전통을 기반으로 이 시대에 부합할 수 있는 새로운 인류평화의 청사진을 제시하고 개척해야 한다.

그리고 더 나아가 전 세계로부터 선도국가(先導國家)적인 시대적 사명을 강하게 요구받고 있다는 사실을 지각하여야 할 것이다.

나는 본래 지금까지 공부하며 깨달은 것을 정리해 둔 원고가 있었다. 첫째는 『우주변승원리(宇宙變承原理)』요, 둘째는 『득도를 위한 인생여로(人生旅路)』이다.

그런데 을미년 8월은 광복 70주년으로서 한반도 문명권시대(韓半島文明圈時代)가 시원(始元)하는 천도운행원리(天道運行原理)가 도래했다는 사실이다. 그래서 『득도를 위한 인생여로』보다 먼저 『동방의 등불 COREA(召命)』를 출간하기로 결심하고 서둘게 된 것이다.

을미년 동지에

웅산 최주완(雄山 崔柱完)

1. 시대(時代)의 의미와 근원

시대의 의미

시대는 무형적 존재이지만 엄연히 살아 움직이는 유형적 존재이다. 그래서 인류와 문화를 그 시대 적합한 조직의 틀과 공동선으로 이끌며 다스리고 있다. 그러면서 인류와 불가분의 관계와 인연을 맺고 우리 주위를 감싸고 있다.

시대는 자기가 지은 대로 순응할 때 우주의 흐름과 일치한다. 또 인류가 생존할 수 있는 원천적 기반인 문화와 문명권을 만들고 지배한다. 즉 시대는 역사를 만들고 운전(運轉)하는 운행(運行)의 모체(母體)이다.

인류 문화는 처음 강변문화인 하천문명권에서 대륙과 해변을 잇는 반도문화권인 지중해시대를 경유한다. 그리고 스페인, 포르투갈의 이베리아반도를 거쳐 섬 문화인 영국 도서(島嶼)의 대서양시대의 문명권을 이룬다. 지금 현재는 명실상부한 태평양시대의 문명권을 이루면서 운행하고 있다.

시대의 근원

시대는 때 시(時) 자와 대신 대(代) 자를 쓰고 있다.

이 의미는 때의 뜻 즉 시대사조(時代思潮)를 간파(看破)하고 그 때의 큰 뜻
인 시대사조의 틀로 조직적으로 계획하는[經綸] 선택된 인물이 누구인가
를 꿰뚫어 보아야[通觀] 한다.

시대는 해와 달의 공·자전에 의해서 양력(陽曆)과 음력(陰曆)이 생기는 것
을 알 수 있다. 따라서 시대(때)는 바로 하늘이 만든다. 이것이 시대가 만
들어지는 근원(根源)인 것이다.

2. 시대의 분류와 구분

시대의 분류

시대에는 중심시대가 있고 방계시대(傍系時代)가 있다. 다시 말해 주도시
대와 그 중심에서 파생되는 주변시대가 있다는 것이다.

중심시대는 그 시대를 인도하는 주도시대자로서 시대의 지도자역할
(leader)을 담당하고 총괄적으로 주관하는 시대의 주체이다.

주변시대는 일명 수순시대자(隨順時代者)로서 중심시대에 순응하며 따라

가는 이른바 시대의 객체(客體)이다.

중심시대의 구분

첫째는 소생적 시발단계(蘇生的 始發段階)시대가 있고
둘째는 장성적 중흥단계(長成的 中興段階)시대가 있으며
셋째로 말기적 쇠퇴단계(末期的 衰退段階)시대로 구분해서 보는 것이 대
원칙인 것이다.

이러한 3단계적 원칙으로 관조할 때만이 중심시대의 실체를 명확하게
정관할 수 있다.

3. 중심시대의 변화와 순환운동

주도적인 중심시대는 고정적이며 불변적인 것이 아니다. 반드시 생동
적으로 변화하고 순환하면서 일정한 자연법칙에 의거하여 운행한다.

페르시아 대제국은 그리스 도시국가와의 살라미스 해전에서 참패하면
서 그리스 문명권시대가 태동하는 전기를 만들어 주었다.

이베리아반도의 스페인은 무적함대 해양 강대국이었다. 그런데 칼래 해전에서 참패하여 역사의 뒤안길로 물러나고 영국이 세계를 지배하는 도서문명권의 출발점이 되는 결정적 전기를 만들어 주었다.

그 뿐인가? 청교도들이 일으킨 미국의 독립전쟁은 그야말로 무모하기 그지없는 계란으로 바위를 치는 것이라고 냉소(冷笑)를 받았다.

영국의 군사력은 정규적으로 훈련받은 정예군 출신들이고 또 현대식 장비로 무장된 강력한 군사대국이다. 병력숫자로 보거나 군비상태로 비교해 보더라도 신대륙 독립군이 승리한다는 확률은 전무한 것이었다.

그러나 6년간의 독립전쟁은 불가사의 하게도 독립군의 승리로 끝나면서 1779年 아메리카 합중국이 태동하게 되었다.

중심시대는 반드시 약동하는 강력한 운기(運氣)와 더불어 변화하고 순환하는 자연법칙의 주관 아래 지배되고 운행(運行)한다는 사실이다.

4. 중심시대의 특징

중심시대(中心時代)인 주도시대자(主導時代者)는 다음과 같은 특징이 있다.

첫째 주도시대는 그 시대를 주도(主導)하고 관장(管掌)하는 시대사조(時代思潮) 또는 시대사상인 시대정신이 있다.

둘째 주도시대에는 그 시대를 지배(支配)할 수 있는 강력한 운기(運氣)가 작용하고 있다.

셋째 주도시대사조의 운기작용과 시대정신으로 무장한 지배세력인 국가(國家)가 등장한다.

넷째 주도적인 시대정신은 성취해야할 시대적 목표(目標)가 있으며 또 그 시대가 해결해야 할 시대적 과제(課題)가 있다.

다섯째 중심시대의 시대적 목표나 시대적 과제를 해결하기 위해서는 반드시 선구적인 선도인물(先導人物)이 배출되거나 등장한다.

5. 시대적 명운(命運)을 득실한 역사적 사례들

우리나라의 시대적 명운(命運)과 현재적 사명을 중국 초나라와 한나라의 역사적 사례를 되새기면서 깊이 깨달아야 한다. 시대적 명운(命運)을 얻은 경우와 잃은 결과[得失]가 어떠하였는가를.

초나라 왕은 항우(項羽)이고 한나라 왕은 유방(劉邦)이다. 이 두 사람은 영웅호걸로서 한 시대를 풍미했던 시대적 인물이면서 서로가 상반적 조건과 처신으로 후대 사람들에게 귀감이 된다. 그런데 여기서 우리는 당대의 용병가 한신의 말로를 눈여겨 살펴볼 필요가 있다.

괴철이 마지막으로 소위 천하 삼분지계(天下 三分之計)를 진언하였다.

"용기와 지략이 임금을 능가하는 자는 몸이 위태로운 법이며
공력(功力)이 천하를 덮어버리면 더 이상 보상받을 수 없는 법입니다.
공(功)이라는 것은 이루기는 어려워도 잃기는 쉬운 법이며
때[時]라는 것도 얻기는 어려우나 잃기는 쉬운 것입니다.
때여, 때여 두 번 다시 오지 않는다는 것을 왜 모르십니까?"

이 대목을 역사는 참으로 애석한 일이라고 기록하고 있다. 때의 득실 결과에 대하여 시사(示唆)하는 바가 어떠한가를 교훈으로 남긴 역사적 교훈을 우리도 명심하고 또 명심해야 한다.

6. 새로운 시대관의 가치관

새로운 시대관의 가치관

새로운 시대의 가치관은 시대사조와 시대사상 또는 시대정신의 척도 (尺度)가 된다. 이것은 시대적으로 이루어야 할 시대적 목표의 중심사 상으로서 해결해야 할 시대적 과제의 가치기준이 되는 것은 필연적인 것이다.

태평양시대의 가치관

태평양시대의 가치관은 '태평성대 의기양양(太平聖代 意氣洋洋)'이다. 우 리 한반도는 이 시대적 가치관을 철저히 주목하고 통찰해야 한다. 그리 고 이것이 우리나라의 미래의 꿈을 성취하는 지표임을 인식하고 하늘에 서 내려준 천재일우의 기회를 놓쳐서는 안 된다. 이러한 한반도의 사명 과 책임을 기필코 실현해야 할 것이다.

7. 운기작용(運氣作用)과 성사재천(成事在天)

우리는 모처럼 얻은 천운을 맞이하여 대한민국 대도약의 인프라를 깔아놓고 약진과 좌절의 기로에서 머뭇거리며 진통을 겪고 있다. 부디 이 진통이 새로운 역사의 옥동자를 탄생시키기 위한 몸부림이기를 기대하면서 우리의 선택과 집중이 절실하게 요망되는 시점임을 명심해야 할 것이다.

이러한 역사적 사실을 토대로 하여 하늘이 주는 시대적 운기작용인 시운(時運)에 따라 성패가 좌우된다는 역사적 교훈을 우리 국민들은 다시 한번 재음미해 봐야 할 것이다.

8-1. 새로운 시대정신에 의한 선구적인 선도자들의 활동과 역할들(1)

이 시대를 경륜하는 시대정신이 요구된다

이율곡의 10만 양병설과 이순신의 백의종군 - 이율곡의 10만 군사 양병설은 구국의 일념이었고 이순신의 백의종군[死則生 生則死 精神]은 시대정신으로 무장하였다. 김구 선생의 불변응만변론(不變應萬變論)이나 이승만 초대 대통령의 "뭉치면 살고 흩어지면 죽는다."는 말씀도 당대의 시대정신의 표방이었던 것이다.

8-2. 새로운 시대정신에 의한 선구적인 선도자들의 활동과 역할들(2)

미국의 독립전쟁과 토마스 페인의 커먼센스[常識]

"식민지인 미국은 영국으로부터 이탈하여 독립된 공화체제의 새 나라를 건설해야 한다. 그는 또 영국이 식민지 미국을 보호해 왔다는 것은 사실이 아니다. 대륙인 미국이 바다 건너 떨어져있는 섬나라에 종속되어있는 그 자체가 부자연스런 일이다."고 강변하면서 "독립전쟁을 하여 얻을 것은 독립과 자유와 번영이며 잃을 것은 아무것도 없다."

 그로 인해 6년간의 독립전쟁 끝에 미국은 승리했다. 그 이후 독립과 자유와 번영을 누리며 새 역사의 지평을 열어 오늘날 세계사를 주도하는 초강대국이 된 것이다.

일본 근대화의 선구자 후쿠자와 유키치의 탈아입구론

그는 일본이 구미열강들과 같은 반열에서 세계사를 주도하기 위해서는 향후 일본이 나아갈 길을 제시하였다. 그 길은 바로 '일본은 아세아의 울타리를 넘어 유럽으로 지향해야 한다.'는 「탈아입구론(脫亞入歐論)」이었다.

8-3. 새로운 시대정신에 의한 선구적인 선도자들의 활동과 역할들(3)

이스라엘의 시오니즘의 제창자 헤르슬

'유태인들이 가진 힘이란 그들이 경험한 비참함 그 자체'라고 주장하며 유태인들의 의지를 결집하기위해 전 유럽을 누비며 혼신의 힘을 경주했다.

"우리의 첫 과제는 지구상에 유태인의 욕구를 충족시킬 영토를 확보하여 독립국가를 세우고 주권을 획득하는 것이다."
그는 역설했다.
그가 사망하자 그의 주장은 바이츠만과 벤구리온으로 계승되었다.

마침내 1948년 5월 14일 오후 4시 팔레스타인 지역에 이스라엘 건국을 선포하였다. 이로써 2000년 유태민족의 유리방황을 청산하고 민족적인 숙원을 해결한 것도 시대정신인 시오니즘에서 유래된 것이다.

13억 중국민의 식량문제를 해결한 등소평의 「흑묘백묘론과 실사구시론」

오늘날 세계적인 강대국으로 부상할 수 있도록 토대를 마련한 것도 소위 흑묘백묘론(黑猫白猫論)과 실사구시론(實事求是論)으로 자본주의 체제를 도입한 것도 시대정신의 반영이라 할 것이다.

9. 천운도래(天運到來)와 한반도의 자각

세계 최초로 최단기간에 경제근대화 국가로의 자부심과 자긍심 소유

지금 한반도는 천운이 도래하고 있다. 이 작은 나라가 온갖 고난과 어려움을 극복하고 선진국들의 비웃음과 조롱도 아랑곳하지 않고 세계최초로 최단기간에 경제근대화를 이루었다.

인도의 영감시인 타골의 「동방의 등불」의 현실화

1913년(24세) 동양인 최초로 노벨문학상을 수상한 인도의 시성(詩聖) 타골(1861~1941)은 한국을 한 번도 방문한 적이 없었다.

 그럼에도 불구하고 일본 군국주의자들의 침탈(侵奪)로 국권을 상실하여 식민지 지배하에 있는 이 나라의 장래를 영감에 찬 시(詩) 한 수로 대한민국의 앞날을 예언하였다.

10-1. 한반도의 사명과 책임(1)

우리나라는 인류문명의 시원국가(始元國家)이다.

우리나라는 천손민족(天孫民族)이며 인류문명(人類文明)의 시원국가(始元國家)이다.

첫째 하늘은 한반도의 백두산 천지(天池)를 통해서 입증(立證)해 주고 있다.

둘째 극동은 에덴동산으로 동산문명(東山文明)의 발상지(發祥地)이다.

셋째 삼환후손(三桓後孫)의 천손민족(天孫民族) 국가이다.

넷째 세계 유일의 개천절 숭배국(開天節 崇拜國)이다.

다섯째 우주창조의 원형인 태극사상을 태극기로 모시고 있는 나라이다.

여섯째 우리나라는 인간의 인격척도(人格尺度)의 목표로 홍익인간화(弘益人間化)를 추구하는 인간교육의 교육국가였다.

일곱째 경천애인(敬天愛人)의 통치국가였다.

단군조선의 건국이념

단군조선은 경천애인(敬天愛人), 제세이화(濟世理) 홍익인간(弘益人間)을 건국이념으로 정립하였다. 그 다음 전통적으로 『천부경(天符經)』을 숭상하면서 『삼일신고(三一神誥)』, 『참전계경(參佺戒經)』의 바탕 위에서 백성을 통치하였던것이다. 때문에 대한민국은 태평양시대에 성대국가(聖代國家)의 자질을 구비한 세계 인류의 평화이상을 실천할 수 있는 국가로서의 전통성을 확보하고 있는 것이다.

10-2. 한반도의 사명과 책임(2)

우리나라 역사과정의 교훈

(1) 경천애인 통치사(敬天愛人 統治史)이다.

(2) 홍익인간 교육사(弘益人間 敎育史)이다.

(3) 전통문화 창달사(傳統文化 暢達史)이다.

(4) 수난고통 점철사(受難苦痛 點綴史)이다.

(5) 평화애호 불침사(平和愛護 不侵史)이다.

한국은 태평양시대의 세계 신평화연합의 사명국가이다

21세기가 한반도를 중심한 한민족시대라고 전망할 수 있다. 우리민족
에게는 이 시대를 주도할 수 있는 책임과 사명이 수반된다는 사실을 명
심해야 할 것이다.

태평양시대의 가치기준은 '태평성대 의기양양'이다

태평양시대의 가치기준이 '태평성대 의기양양'이라고 정립한다면 이 시
대의 가치기준에 합당한 성대국가(聖代國家)가 있어야 한다고 생각한다.

그리고 성대국가가 성립되기 위해서는 첫째, 성인(聖人)이 있어야 하고 둘째는 성민(聖民)이 있어야 하며 셋째는 성군(聖君)이 계신 바탕 위에 성국(聖國)이 존재할 수 있는 것이다.

우리나라는 평화애호의 전통국가이다

우리나라는 반만년의 역사 위에 전통문화 민족국가로서 평화를 애호하고 숭상해온 백의민족이었다.

10-3. 한반도의 사명과 책임(3)

한반도 주변 4대 강국은 패권주의 국가이다

현재 한반도 주변 미 · 일 · 중 · 로(美 · 日 · 中 · 露)의 4대 강국은 전 세계 인류를 파멸하고도 남는 가공할 핵무기보유국으로서 군비강대국이며 동시에 패권주의 국가들이다.

21세기는 패권주의가 아닌 보익주의시대이다

이제 세계인류는 패권주의를 지양(止揚)한다. 그 이후 새로운 평화주의인 홍익인간에 바탕을 둔 보익주의(補益主義)를 학수고대하며 동경(憧憬)하고 있는 것이다.

이 시대는 '세계 신평화연합'시대로서 태평성대 의기양양의 새로운 가치관을 실천하여 일류사회의 새로운 시대적 과제를 해결하기를 요구하는 시대인 것이다.

만안속식(晩晏速食)시대와 선도국가(先導國家) 사명

(1) 인간은 꿈과 이상의 영장체(靈長體)이다.
(2) 꿈과 이상은 대망(大望)이며 포부(抱負)이다.
(3) 동서양의 경제관
(4) 만안속식(晩晏速食)시대 도래

11. 한반도는 인류 평화를 실현해야 할 사명국가요, 책임국가이다

책임(責任)이란 말의 어원은 '대답하고 응답한다.'이다.

태평양시대를 맞이한 오늘날의 세계는 우리 대한민국을 부르고 있는 것이다. 따라서 한반도는 이 부름에 성실과 용기를 가지고 책임 있게 응답해야 할 신성한 의무가 있는 것을 명심해야 한다.

대답하기 전에 부름[召命]이 있다

왜 부르는가? 나의 도움이, 나의 힘이, 나의 참여가, 나의 활동이 필요하기 때문에 부르는 것이다.

12-1. 한반도의 해결과제(1)

사회구조개편과 체질개선 필요

산업혁명 이후 세계는 자본주의 사회 체제로 재편되었다.
각국마다 국력신장과 세계제패에 혈안되어 약육강식의 냉엄한 현실이 전개되었다. 이를 틈타 일본 군국주의자들은 야만적인 마각으로 조선의 국권을 침탈하고 한반도는 일본의 식민지로 전락되었다.

이때 우리의 시대정신은 '국권회복과 자주독립'으로 승화되어 거국적인

3·1운동으로 폭발하였다. 뒤이어 애국지사들은 해외에 망명정부를 수립하여 항일투쟁을 전개하였다.

그런데 1945년 우리는 외세에 의해 광복을 맞이했다. 이로 인해 국토가 분단되어 동족상잔의 6·25 전쟁으로 300만 민족의 희생을가져왔다.

이제 한반도는 가변적인 이념의 대결에서 탈피하여 민족 공동체를 복원하고 사회구조를 개편하여 사회체질를 개선해야 한다. 그런 다음 국론통일과 국민화합을 이루어 조국통일을 실현해야 한다.

박정희 정권 시대는 그래도 '우리도 한번 잘 살아보자'라는 구호 아래 '조국근대화'의 경제개발은 이루었다. 그 이면에 민주화세력에 의한 민주화 성취도 민주화시대의 시대정신인 것이다.

민주화 이후 오늘날 한국의 정치사회 실상은 어떠한가? 이른바 우파와 좌파 보수와 진보의 대립갈등이 첨예하게 고조되고 투쟁일변도의 노동조합 만능시대를 맞았다. 하지만 앞으로 우리는 실사중화(實事中和)의 바탕 아래 이를 토대로 중화하여 국론통일과 국민화합 및 반목갈등을 청산하는 시대정신이 요구되는 것이다.
편견과 극단을 지양(止揚)하여 차원 높은 통일체로 중화회통(中和會通)하여 재도약의 전기를 가져오는 것이 이 시대의 시대정신인 것이다.

12-2. 한반도의 해결과제(2)

국민화합과 홍익인간정신 복원

왜 국민화합과 국민총화를 이루어야 하는가?

나라가 발전하고 번영하는 길이기 때문이다.
이는 발전과 번영의 상식적이며 평범한 사실 그 자체이다.

사회를 구성하는 최소단위는 가정이다. 국가라는 국민 결속체에 집 가
(家) 자가 들어가는 것도 국가도 가정의 연장선상에서 형성된 집단체이
기 때문에 국가라고 한 것이다.

더욱이 우리나라는 반만년의 역사를 가지고 있다. 우리의 국조(國祖) 단
군성제(檀君聖帝)는 성수(聖壽) 60세에 단군조선(檀君朝鮮)을 개국(開國)하
였다. 그러면서 양경사문(兩經四文)의 바탕 위에 건국이념(建國理念)을 경
천애인(敬天愛人), 재세이화(濟世理化), 홍익인간(弘益人間)으로 선포하시
고 치국(治國)하신 전통문화 보유국이다.

홍익인간이나 가화만사성은 상호상통(相互相通)하는 진리이며 대도이
다. 이러한 전통기반 위에 출범한 대한민국은 국민화합과 국민총화를
복원하고 실시해서 태평양시대의 중흥국가(中興國家)로 다시 태어나야

한다. 나아가 이 모델을 세계화하는 시대적인 소명국가(召命國家)임을 자
각하고 사명과 책임을 다해야 함이 이 시대의 엄숙한 명령이다.

12-3. 한반도의 해결과제(3)

남북공화통일 실현

『주역』 38번 괘상(卦象)이 상호 어긋난다는 화택규괘상(火澤睽卦象)이다.
이 괘상에서 한반도의 통일방안의 비책을 도출하고 이를 「공화통일론(共
和統一論)」이라 명명하였다.

『주역』에 이르기를 천지정위(天地定位)하며 산택통기(山澤通氣)하며   뢰
풍상박(雷風相薄)하며 수화불상석(水火不相射) 또는 수화상체(水火相逮) 및
수화상제(水火相濟)라 했다.

 수기(水氣)가 극렬하면 화기(火氣)를 끄게 되고 반대로 화기가 극렬하면
수기를 말리는 법이다. 때문에 수화(水火)의 기운이 중앙토기(中央土氣)
의 조화에 의해서만이 상호상승작용을 해서 만물이 신장(伸張)과 결실을
맺을 수 있는 것이다.

하나님도 물과 불로서 우주를 창조하고 주관하시기에 해와 달을 두어 불과 물의 역할을 위임한 것이다.

한반도의 북방수(북한)와 남방화(남한)도 수화불상석(水火不相射) 수화상체(水火相逮)의 원리에 입각하여 통일하고 그 위에 한반도 문명권 시대가 개창(開創)되도록 예정된 것이다.

따라서 북방수기는 땅속에 흡수되어 자양분으로 만물을 소생시키고 남방 화기는 온기로 만물을 성장시켜 결실케 하는 것이다. 즉 이것이 수화(水火)로서 우주를 창조하신 창조법칙이며 자연법칙이다.

이러한 자연법칙에 입각하여 3·8선 비무장지대에 유엔이 주관하는 중립도시[和門店市]를 세워서 유엔 제 5사무국을 유치하여야 한다.

여기에 남북한 대표부를 파송케 한 후 균형적 발전을 도모하는 통일방안을 「공화통일방안」이다.

이로써 한반도 통일이 수극화 통일이 아니라 수화불상석(水火不相射) 수화상체(水火相逮) 및 수화상제(水火相濟)의 「공화통일방안」이 명명백백하다.

결 론(1)

불능(不能 - 不可能)과 불위(不爲 - 不可爲)를 구분하자

인간은 소우주이다. 인간을 소우주라 하는 것은 대우주의 축소체라는 의미이다. 우주는 문자 그대로 집 우, 집 주로서 하나님이 창조하고 건축한 집[家]이라는 뜻이다.

동양에서도 우주는 우왈 천지사방야(宇曰 天地四方也)요, 주왈 고금왕래야(宙曰 古今往來也)라 정명(개념)하였다. 우(宇)는 공간적 실상(實相)이고 주(宙)는 시간적 실상(實相)이라는 뜻이다. 이를 시공(時空)이라 한다. 우주는 곧 시공이요 시공은 시간성(時間性)과 공간성(空間性)을 말한다.

인간이란 위로는 하늘이 있고 아래로는 땅을 밟고 살아가니 천지 중간적 존재이다. 때문에 인간이라 정의한 것이다. 또한 사람은 태어나서 죽을 때까지 생명을 영위하는 것이니 인생은 시간적 존재인 것이다.

우주는 우공간(宇空間)인 동시에 주시간(宙時間)인 것이다. 인간도 역시 우인간(宇人間)이고 주인생(宙人生)이 되는 것이다. 인간(人間)이 공간적 실상이라면 인생(人生)은 시간적 실상이기 때문에 소우주인 것이다.

이렇게 소우주인 인간과 인생은 절대 할 수 없는 일이 있고 할 수 있는 일이 있는 것이다. 절대 할 수 없는 것을 불능(不能)이라 한다면 할 수 있는 것을 유위(有爲)라 한다. 그런데 할 수 있는데 하지 않는 것을 불위(不 爲)라고 하는 것이다.

국민총화 남북통일을 이루고 악한 행위 등을 청산하지 않는 것은 불능 이 아닌 불위인 것이다.

결 론(2)

정신혁명과 새 사람

새로운 정신의 새 사람이란 현실에 안주하지 않고 무한히 자기 자신을 개혁하는 물이 샘솟듯 마음을 맑히는 사람이다. 그 반면에 낡은 정신의 낡은 사람이란 현실의 불합리에 안주하고 시대의 변화 발전을 거역하는 비개혁적인 사람이다.

새로운 사상과 새로운 이념에 의한 정신혁명과 변화에 의해서만이 새로운 사람이 될 수 있는 것이요. 새로운 사람이 있음으로 말미암아 새로운 가정과 사회, 국가와 세계 그리고 역사가 있는 것이다.

변화와 혁명의 시발점은 먼저 인간의 정신을 바꾸는데서 비롯된다는 것을 잠시도 잊어서는 안 된다. 사고의 혁명, 정신의 혁명이 가정과 사회, 국가와 세계 역사의 변화를 가져오는 것에 주목해야 한다.

우리는 더 이상 머뭇거리면서 반목, 갈등, 대립, 투쟁에 함몰(陷沒)해서는 안 된다. 우리 사회나 국가의 발전과 번영을 가로막고 있는 반목, 갈등, 대립, 투쟁을 과감히 청산하고 지양(止揚)해야 한다.

그렇게 한 후 홍익인간의 정신을 복원하고 계승하는 보익주의로 정진해야 한다. 나아가 보익정치문화를 정착하여 정신혁명을 이루어서 세계의 중심국가시대를 열어가야 한다.

 그리고 성인, 성민, 성군을 찾아 세워 국민통합과 남북통일을 성취하고 민주주의 이후의 새로운 대안의 이정표를 제시해야 한다.

 그렇게 한 연후에 옛 해동성국의 전통을 승화 발전시켜 21세기 세계 신평화연합 시대의 선도국가를 우리 후손들에게 물려주고 가야 한다.

부록

1.韓半島의 分斷과 統一

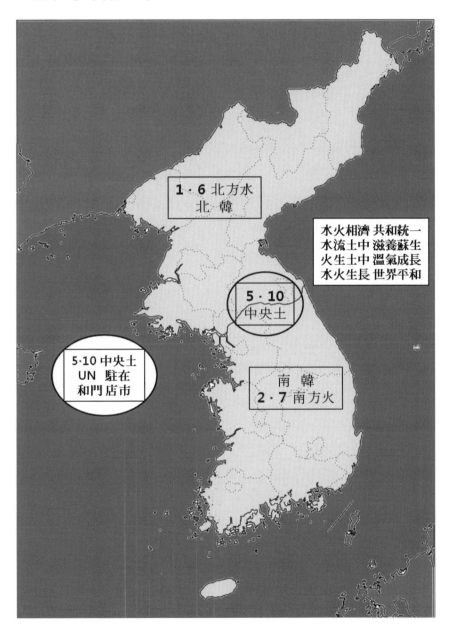

1·6 北方水
北 韓

水火相濟 共和統一
水流土中 滋養蘇生
火生土中 溫氣成長
水火生長 世界平和

5·10
中央土

5·10 中央土
UN 駐在
和門店市

南 韓
2·7 南方火

2. 통일염원 낙원동산 금수강산

統一念願 樂園東山 錦繡江山
五大山王神 五大龍王神 大和合 江山祭

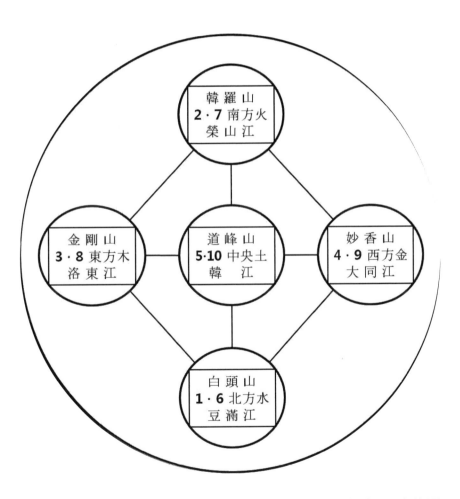

3.간지분합도책

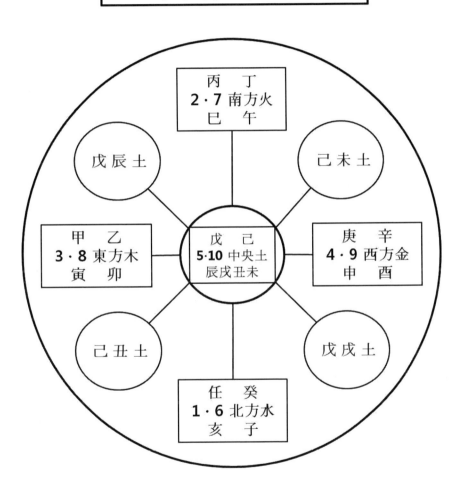

干 支 分 合 圖 策

丙　丁
2・7 南方火
巳　午

戊辰土

己未土

甲　乙
3・8 東方木
寅　卯

戊　己
5・10 中央土
辰戌丑未

庚　辛
4・9 西方金
申　酉

己丑土

戊戌土

任　癸
1・6 北方水
亥　子

4.자연법칙 변승운행도

自然法則變承運行圖

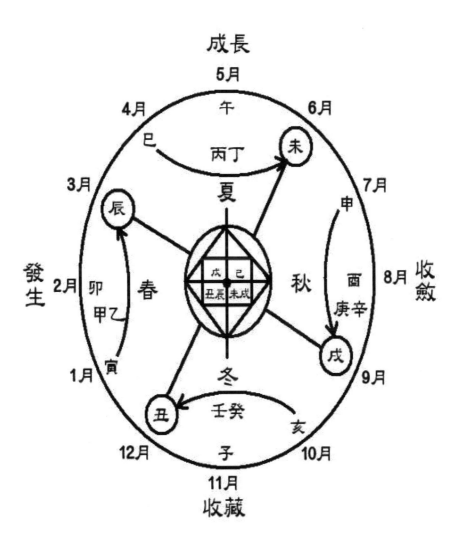

5. 중궁팔방 성신도책 中宮八方 星辰圖策

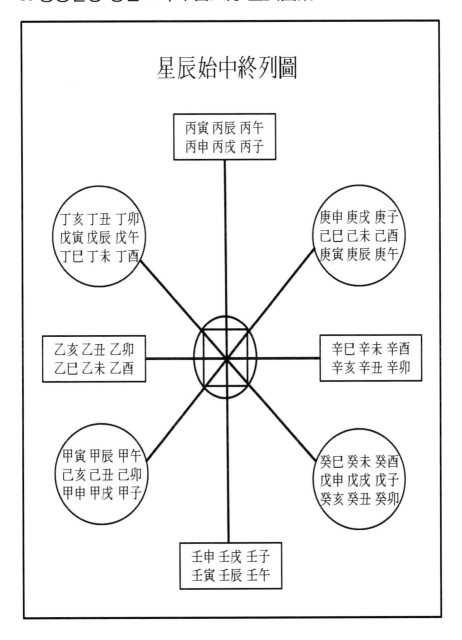

星辰始中終列圖

丙寅 丙辰 丙午
丙申 丙戌 丙子

丁亥 丁丑 丁卯
戊寅 戊辰 戊午
丁巳 丁未 丁酉

庚申 庚戌 庚子
己巳 己未 己酉
庚寅 庚辰 庚午

乙亥 乙丑 乙卯
乙巳 乙未 乙酉

辛巳 辛未 辛酉
辛亥 辛丑 辛卯

甲寅 甲辰 甲午
己亥 己丑 己卯
甲申 甲戌 甲子

癸巳 癸未 癸酉
戊申 戊戌 戊子
癸亥 癸丑 癸卯

壬申 壬戌 壬子
壬寅 壬辰 壬午

6. 영계구조와 치유방법 靈界構造와 治癒方法

1. 靈界構造
    1) 鬼社世界-鬼胎生-收縮性能

    2) 神社世界-神胎生-伸張性能

    3) 靈社世界-靈胎生-調和性能

2. 治癒方法 - 治癒術法(治癒法)
    1) 世界靈佺式(靈佺式)

    2) 愛國顯忠式(顯忠式)

    3) 祖上解恨式(解恨式)

    4) 疾病洗復式(洗復式)

    5) 身主迎慕式(迎慕式)(身主肖像畵奉安)

3. 靈廟堂體驗
靈廟堂體驗 誘導過程

    1) 準備段階

      (1) 生界(有形世界)-開眼認識-意識世界-活動-明示知覺

      (2) 死界 (無形世界)-閉眼認識-無意識世界-緩動-暗示知覺

      (3) 體驗前提條件-先導者와被驗者의 一切的共同作業

    2) 瞑目：冥極-溟池-溟海 暗腦示(音波.熱波)〈弛緩狀態〉

    3) 地上24層-地下5層下降 暗示

    4) 靈門通過 暗示-靈廟堂進入

5) 靈廟堂體驗-右鬼房收藏室-中靈房造化室-左神房

　　創意室 三大體驗(經驗.變化.創意)

6) 開眼-復生覺悟

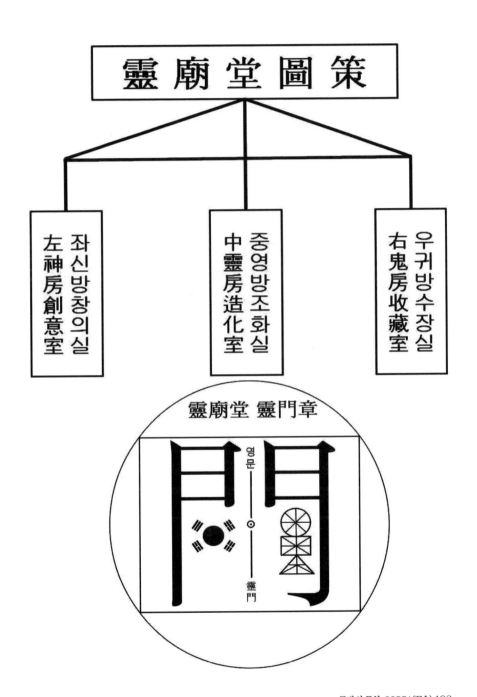

靈廟堂圖策

左神房創意室
좌신방창의실

中靈房造化室
중영방조화실

右鬼房收藏室
우귀방수장실

靈廟堂 靈門章

영문

靈門

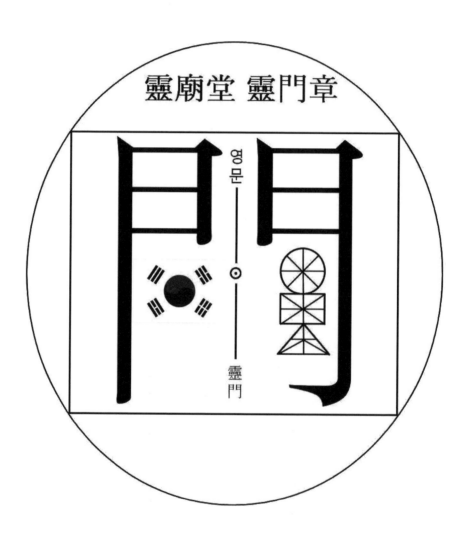

靈廟堂 靈門章

영문 ─ ⊙ ─ 靈門

7. 중천궁 운행도책

中 天 宮 運 行 圖 策

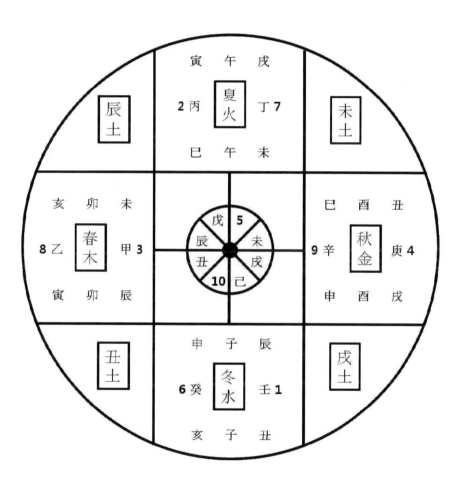

8. 선천계 운행도책

先 天 界 運 行 圖 策

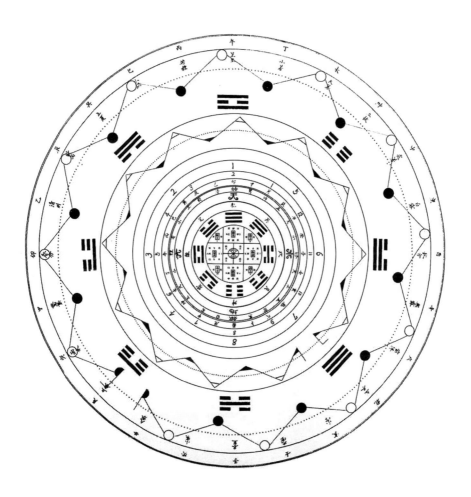

9. 후천계 운행도책

後 天 界 運 行 圖 策

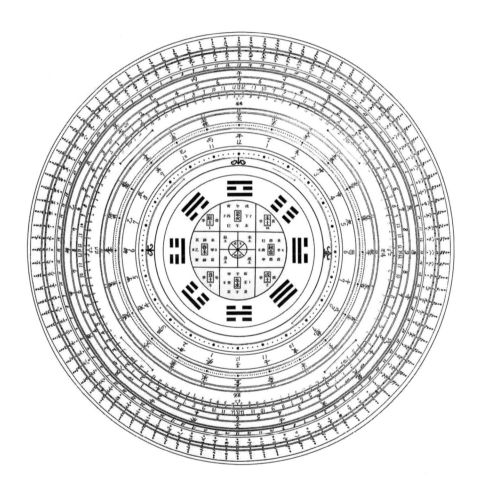

10. 중전도 中佺道

1) 中佺道 道旨
   - 生死一源 循環復生
   - 有無不二 道理一空

2) 中佺道 道佺
   - 補益天下 盛國亨民

3) 中佺道 道世
   - 道政一體 萬國咸寧

4) 中佺道 綱領
   - 七福神 信仰生活
   - 身主象 迎慕運動

11. 천지부모신묘가경

天地父母神妙家經

천 지 부 모 신 묘 가 경

宇宙創造陰陽家 五方運行造化家

우 주 창 조 음 양 가 오 방 운 행 조 화 가

一六北方水宮家 二七南方火宮家

일 육 북 방 수 궁 가 이 칠 남 방 화 궁 가

三八東方木宮家 四九西方金宮家

삼 팔 동 방 목 궁 가 사 구 서 방 금 궁 가

五十中央中宮家 神妙六氣仙風家

오 십 중 앙 중 궁 가 신 묘 육 기 선 풍 가

豁然貫通大道法 願爲大降繼仙策

활 연 관 통 대 도 법 원 위 대 강 계 선 책

時空發言 必隨其主

천지 우주에서 생성되는 말과 생각은

반드시 그 진원지인 주인에게 돌아간다)

不知發言 反省復元

부지불식 간에 생성된 말과 생각이라도

잘못을 반성해야 원 상태로 돌아간다

辭順不從 出顯不祥

우주에 순응하는 말과 생각을 따르지 않으면

반드시 상서롭지 못한 것으로 나타난다

暗腦波長 生氣源泉

빛과 소리로 생성되는 파장은

우주가 지탱하는 생기의 원천이다

봉정사(奉呈辭)

당산 방봉혁(讜山 房峰爀)

『중용(中庸)』에 이르기를 「치중화(致中和)면 천지위언(天地位焉)이요 만물육언(萬物育焉)이라」하셨으며 또 「중니(仲尼)는 상률천시(上律天時)하시며 하습수토(下襲水土)하시니라」하였습니다. 이렇게 보면 사람의 도는 하늘과 땅의 이치에도 부합하여야 할 것입니다.

마이산 금당(馬耳山 金堂)에서 웅산 최주완(雄山 崔柱完) 선생님을 처음 뵌 후 벌써 9년이 흘렀습니다. 대학 시절 객관적 가치가 파괴되는 시대의 부조리를 겪었던 저는 당시 '일체유심(一切唯心)'의 오의(奧義)가 의지나 인식과 같은 주관만이 아님을 짐작하면서도 그로 인한 혼란을 안고 있었습니다. 그 같은 혼란마저도 일상에 침잠되어 예리함이 점점 무디어 가고 집중은 흩어지고 있었습니다. 그러한 상황에서 다양한 사상의 의취(意趣)를 섭렵하여 그 정수(精髓)를 터득하신 웅산 선생님과의 만남은 단물과도 같았습니다.

선생님께서는 어린 시절부터 한학을 사숙하면서 자연스럽게 『사서 삼경(四書 三經)』 등 유학을 체득하셨고, 장성하시어 기독교를 전공하셨습니다. 이후 진리를 향한 목마름으로 불교의 대강을 두루 살펴 익히시고, 드디어 잠심자득(潛心自得)하여 오시던 『역학(易學)』에 대한 연구를 본격화하셨습니다. 이후 삼십여 성상을 일구월심 우리 민족 전통의 『역학(易學)』을 연구하시고 천명(天命)을 실천하는데 매진하여 오셨습니다.

많은 가르침을 주신 웅산 선생님은 철저한 학자입니다. 선생님은 「세상은 수(數)로 되어 있다」는 명제를 제시하는 상수학적(象數學的) 입장을 견지하셨습니다. 그러면서도 현재 통칭되는 『주역』이 사실은 고대부터 있었던 우리 한민족 고유의 학문이고, 단군(檀君)께서 『역학』에 기반하여 통치하여 왔음을 주장하셨습니다. 이 점에 있어서 선생님께서는 자신의 학문적 연원이 호운 김재환(壺雲 金在煥) 선생으로부터 유래하였고 호운 선생님의 훈도를 입으셨음을 밝히셨습니다. 이 같은 학문적 입장은 『천부경』, 『음부경』, 「한글 창제원리」, 「정전법」 등이 한민족의 '역학'에서 비롯되었다는 사실에까지 나아갑니다.

또 선생님은 단순한 강단학문 이상의 실참(實參)을 추구합니다. 『주역』에 대한 훈고학적 해석에 그치지 아니하고 변화와 순환의 원리에 따라 사물의 변화와 미래를 예측하고 그에 즉응(即應)할 수 있는 방안을 모색합니다. 깊은 애국심을 지니고, 세계정세의 변화·남북통일과 한민족의 미래·반복되는 역사의 교훈 등에 대하여 남달리 관심을 가지는 것은 그 때문이라고 생각합니다. 그러나 선생님께서는 신이(神異)한 일로 다른 이들의 탄성을 자아내도록 하는 데에는 관심이 없습니다.

혼신의 힘을 다하여 진리를 추구하는 선생님의 모습은 종교가나 구도자의 모습으로 나타나기도 합니다. '역학'이 궁극적으로 우주와 세계의 변화를 대상으로 하기 때문에 공부의 경지가 높아질수록 인간의 능력이 미치지 못하는 산궁수진처(山窮水盡處)에 이를 수밖에 없습니다. 선생님은 이에 굴하지 않으시고 수십 년간 경건함 속에서 기도와 수행으로 천명(天命)을 찾고 하늘의 응답을 기다리기를 반복하고 있습니다. 수 없이 우리나라의 산천을 돌면서 결연(結緣)과 해원(解冤)으로 우리나라와 민족의 미래와 개벽에 대비하여 오셨습니다.

선생님의 학문적 성취는, 사상적으로는 홍익사상(弘益思想)에 바탕을 두고 있습니다. 그 위에 자본주의와 공산주의를 뛰어 넘는 보익주의(補益主義)를 제창하기에 이르렀고, 현실적으로는 우리 한민족이 통일되어 세계문명의 선도국가(先導國家)로 발전한다는 미래예측으로 귀결되었습니다.
선생님의 이 같은 역정(歷程)은 공자께서 「상률천시(上律天時)」하신 것과 크게 다르지 아니합니다. 또 정녕 우리 민족이 선도국가가 되어 세계가 문명세계로 변화한다면 그것이야말로 「천지위언(天地位焉)」라고 할 것입니다.

십년의 세월 동안 웅산 선생님으로부터 많은 훈습(薰習)을 받았고 이는 매우 즐거웠고 유익하였습니다. 무상(無常)과 무아(無我)를 무극(無極), 태극(太極), 황극(皇極)으로 설명하거나 사물의 본질을 음양의 순환으로 파악하라는 가르침을 주셨습니다. 근세 토착 사상가들의 일사(逸事)를 들려주시고 괘를 뽑아 점을 치거나 사건의 인과를 가늠하시던 기억은 지금도 새롭습니다. 그러나 '역학'의 향기만 느꼈을 뿐이기에 아직도 들어야 할 말씀이 많이 남아 있습니다.

저는 선생님의 말씀을 듣고 저 혼자만의 가슴에 새기는 것은 너무 아깝고, 선생님의 말씀을 통하여 일반인들에게 '역학'의 실루엣이라고 보여줄 수 있겠다는 생각을 가지고 있었습니다. 마침내 시절인연이 도래하여 대장부의 면모가 뚜렷한 이영기 사장께서 웅산 선생님의 말씀이 지닌 진가를 알아보고 적극적으로 출판을 제안하셨습니다.

역사 속에서 선도적 위인들은 자신이 처한 시대정신을 읽고, 이를 실천하기 위하여 어떠한 선택을 하고 역할을 하였는지를 통찰하였습니다. 또 이 바탕 위에 우리나라의 시대정신은 무엇이고 어떻게 노력해나가야 할 것인지 등에 대한 선생님의 역학자로서의 고민과 철학이 담겨 있습니다. 이러한 철학과 사상, 고민과 사색이 서로 어우러져 때로는 편린처럼, 때로는 깊은 멍울처럼 엮이어서 본서로 탈고되었습니다. 본서를 통하여 우리 시대의 모든 이들에게 변화의 원리를 탐구하는 역학의 세계, 역의 원리를 통하여 예측하는 미래와 현재의 선택에 대하여 생각해보는 계기가 주어지기를 기원합니다.

그동안 제게 많은 격려와 사랑을 주신 웅산 선생님께 감사드리고, 본서의 출판을 축하드립니다. 『주역』을 공부하신 분들 가운데는 『주역』이 세계를 설명하고 이해하는 관점의 하나를 제시해 준다고 말하기도 합니다. 저는 그 말에 대비하여 "웅산 선생님께서는 '역학'을 통하여 실재하는 세계를 설명해 주셨고, 그 세계로 통하는 창문을 보여 주셨다"는 비재(非才)한 말씀을 봉정사(奉呈辭)로 바칩니다. 앞으로도 더욱 건승하시고 선생님의 학문이 널리 유통되어 문명 선도국가의 초석이 되기를 기원 드립니다.

을미년 동지(乙未年 冬至)

당산 방봉혁(戇山 房峰爀)
봉헌(奉獻)

PROFILE

저자   웅산 최주완(雄山 崔柱完)

충남 보령 출생
연 락 처 : 010-7153-6977
E-MAIL : jwchoi4055@naver.com

주요이력
 1955-1963 한문학 수학(『논어』, 『맹자』, 『중용』, 『대학』 등)
 1973-1975 공산주의 이론 비판 연구(통일사상연구원)
 1975   대한예수교 장로회 신학교 졸업
 1980   강남대학교 신학과 졸업
 1980~   현재까지 동양사상(『주역』)및 오경원리 연구

경력
 1966   충남 반공계몽단 청양군 단장 겸 충남경찰국 전임 반공 위촉강사
 1971   경남경찰국 전임 반공 위촉강사
 1972   경기도경찰국 전임 반공 위촉강사
 1980   국제승공연합 중앙본부 조직국장 겸 중앙연수원 교수
 1987   신민주공화당 창당발기인 겸 중앙위원 동 당 13대 국회의원 공천 신청
           (서울관악구) 선대위원장(김용태 전 공화당 원내총무) 보좌역
 1988   사단법인 동서문화교류협회(회장 김용태)이사 겸 사무총장
 1991   민주자유당 중앙위원
 2001   새천년민주당 고충처리위원회 부위원장(임명장 제2478회 총재 김대중)
 2002   조국통일민간인총회 회장
 2002   사단법인 충.효.예 실천운동본부 부총재(현)
 2007   기독복지민주당 대외협력단장
 2008   환경NGO신문 고문
 2015   세계신평화연합결성 및 회장(현)

수상 및 감사장
 반공강연 총 2,100회 이상 실시
 경찰국장. 내무부 장관, 국무총리, 군부대 표창 및 감사장 18회 수상
 2006년 9월 18일 육군 제27사단장 감사장

저서   『역리요결 책략지침』